인간을 읽는 시간,
그렇게 인간이 된다.

아거

어떤, 인간

초라하고 눈부신

초판 1쇄 발행 2022년 5월 10일

지은이   아거
편집   공가희

펴낸곳   KONG
펴낸이   공가희
등록   2018년 8월 31일(제2018-000019호)
email   thekongs@naver.com
instagram @kong_books

ISBN 979-11-91169-07-2 03810

* 책값은 뒤표지에 있습니다.
* 파손된 책은 구입한 서점에서 교환해 드립니다.

초라하고 눈부신

어떤,
인간

차례

인간을 탐하다

이것은 출구에 관한 이야기다.

출구 없는 막연함을 느낀 적이 있는가. 숨지도 도망칠 수도 없는 꽉 막힌 공간에 홀로 남겨졌다는 느낌을 받은 적이 있는가. 시간의 흐름으로 내일은 오지만, 그 내일이 오지 않았으면 하고 바란 적은 없는가. 내게 주어진 시간이 버겁다고 생각한 적이 있는가.

수십 번 원서를 내도 구해지지 않는 일자리. 아무리 열심히 일해도 벗어나지 못하는 가난. 천정부지로 치솟아 과연 가능할까 싶은 내 집 마련. 끝이 보이지 않는 학교와 회사 내의 괴롭힘. 결코 다시 이어지지 않을 깨어져 버린 관계. 다시 돌아오지 않는 어긋난 일상. 고작 이런 삶밖에 남아 있지 않을 것만 같은 무기력. 뭘 하려 해도 해봤자 돌아오는 건 별것 없다는 무력감. 조금만 노력하면 닿을 듯해 안달하게 만드는 희망 고문. 어떻게든 살아보려 했지만 팍팍한 생활 끝에 찾아오는 번아웃. 옴짝달싹도 하지 못하게 조여와 버거운, 출구는커녕 숨 쉴 틈조차 없는 삶.

출구 없는 삶은 절망이라는 말로 설명하기 힘들다. 살아갈 방도도, 나아가야 할 길도 보이지 않는다. '비상구 없음'은 무력감이고 무기력이다. 남은 건, 수인(囚人)의 삶이다. 남은 시간이 있지만, 실제로는 죽어버린 삶. 아니 죽음조차 느끼지 못하는 삶. 그게 출구 없는 삶이다.

"사람이 한평생을 산다는 건 캄캄한 밤길을 홀로 걷는 일 같은 거"*라고 하지만 그래도 출구를 찾고 싶었다. 숨 쉴 틈을 어떻게든 찾아내고 싶었다. 가늘고 흐릴지언정, 선명하기보다는 우련할지언정 빛을 보고 싶었다.

그 빛을, 나는 인간에게서 보았다.

인간이라는 빛은 사방에 있었다. 낮 동안 태양 아래

---

* 임철우, 『등대』(문학과지성사, 2003), 295쪽.

숨죽이던 발광물질이, 달이 떠오르면 자신의 자태를 알리듯, 스스로 빛을 내는 인간은 주위가 어둑해질 때, 출구가 없을 때 특히 그 빛을 발하곤 했다. 잠깐 반짝이다 끝내 어둠으로 화하는 빛도 있었고, 희미하게나마 밝음을 유지하는 빛도 있었다. 바로 쳐다보지 못할 정도로 눈부신 빛도 있었다. 다만, 내내 눈부신 환한 빛은, 그런 인간은 없었다. 적어도 내게는.

인간은 홀로 생존할 수 없다. 우리는 무수히 많은 다른 인간들에게 삶을 빚지고 있다. 또 어둠 속에 침잠하더라도 다른 인간이 내는 빛으로 다시 살아볼 용기를 갖는다. 물론 인간 때문에 좌절하고 절망하기도 한다. 피하지 못할 운명이지만, 그래도 다른 인간과 함께 살아가야 하는 인간으로 태어난 이상, 인간에 빚지고 인간 때문에 절망하고, 인간 덕분에 살아가며 스스로 길을 찾는다. 출구를 찾는다.

이것은 결핍에 관한 이야기다.

결핍이었다, 인간을 찾아 나선 이유는……. 부족한 인

간인지라 나와는 조금 다른 인간에게 관심이 생겼다. 결핍을 확인하고 부족함을 채우고 싶었다. 현실에서 여러 사람을 만났고, 만난다. 그들은 나보다 나아 보였고, 때로는 부족해 보였다. 그러나 그들의 실체를 아는 데에는 한계가 있었다. 내가 만나는 사람들은 그리 다양하지 않았고 지금 내 앞에서 하는 말과 행동이 진심인지, 이게 이 사람의 본모습인지 헷갈렸다.

하여, 책으로 인간을 읽었다. 책장을 한 장 한 장 넘길 때마다 인간이 가진 각양각색의 모습이 익숙하면서도 생경하게 다가왔다. 현실의 인간과 다를 바 없는, 아니 더 인간다운 인간을 책에서 만났다. 인간을, 탐했다.

결핍이었다, 내가 탐한 인간이 도드라져 보인 이유는⋯⋯. 나보다 부족해 보이는 인간도, 나아 보이는 인간도, 결핍을 안고 사는 존재였다. 불완전하기에 더욱 인간다웠다. 외로움에 허덕이고, 삶을 회의했다. 어쩔 수 없이 세상에 휘둘렸고, 세상과 사람에 상처받았다. 위기에 당당히 맞섰고, 불의에 무릎 꿇었다. 휘황찬란했지만 대부분 지리멸렬했다.

아름다운 만큼 추했고, 강해 보이는 만큼 나약했다. 한 없이 이기적이었고, 생각보다 이타적이었다. 목표를 향해 수단과 방법 가리지 않으며 맹목으로 치달았고 난관 앞 에서 뒷걸음치고 도망치기 바빴다. 가슴속에 상처를 안고 마음먹은 대로 살 수 없는 삶 안에서도 어찌어찌 살아갈 수밖에 없어 허덕였다.

그들 중 뇌리에서 지워지지 않는 인간이 있었다. 불현 듯 그들이 떠올랐고, 그들이 처했던 상황이 조금씩 이해 가 되었다. 책 속 인간 중에 왜 이들이 강렬하게 눈과 귀 를 잡아끌었는지, 텍스트 속에 갇혀 있음에도 현실에서 불쑥불쑥 그 모습을 마주하게 되는지, 그들이 던진 화두 가 내내 마음속에 잔불처럼 남아있는 이유가 궁금했다.

마지막으로 이것은 갈증에 관한 이야기다.

인간을 알고 싶었다. 내 마음을 붙잡은 그들이 살아 간 인생을 살피고, 삶의 갈림길에서 어떻게 생각하고 행 동했는지를 헤아리고 싶었다. 왜 그랬는지, 왜 그럴 수밖 에 없었는지, 다른 길은 없었는지, 도망칠 수는 없었는지,

대체 왜 그리 힘들게 사는 건지, 묻고 싶었다. 그들의 삶에 갈무리된 이야기를 듣고 싶은 갈증에 시달렸다. 현실보다 더 극적이거나, 현실과 별 다를 바 없는 그들의 삶에서, 현실 사회에 붙박고 살아가는 나 자신을 포함한 인간의 형상을 발견할지 모른다는 생각이 들었다.

종종 사람이 두렵다. 때로는 사람이 있어 다행이다.

삶을 살아갈 희망과, 삶을 견뎌야 할 것으로 만드는 고통의 근원인 사람. 충만한 사랑의 감정을 주기도 하고, 그것을 한 번에 앗아가기도 하는 사람. 두려워 기피하고 싶지만, 외로워 또다시 찾게 되는 사람. 모든 것이자 아무 것도 아닌 사람……

사람과의 관계가 난, 힘겹다.

외로움 때문에 힘들고, 외로움을 느낄 새도 없이 부대껴서 힘들다. 너무 가까우면 버겁고, 너무 멀면 그립고. 정작 가까워지고 싶은 이는 뒷걸음질 치고, 멀어졌으면 하는 이는 성큼 다가오고. 다가서기도 멀찍이 떨어지기도 힘든, 그런 사람들….

그럼에도 사람을 찾는다.

나와 같아서, 또 전혀 달라서…. 그런 사람들을 난 책 속에서 찾았다. 현실의 인간은 무엇이 진심인지 알아채기 힘들 때가 많다. 모두 가면을 쓰고 살기 때문이다. 본연의 모습을 완전하게 보기가 힘들고 얼핏 보이는 모습으로 그 사람을 추측할 뿐이다.

책 속 인간은, 읽는 만큼 보였다. 내면을 살필 수 있었고, 그러하기에 아렸다. 현실의 인간을 인정하고 이해할 수 있을 것만 같았다. 책은 결국 인간의 이야기이기에, 책을 읽는다는 건 인간을 읽는 것과 매한가지였다. 그렇게 발견한 인간의 이야기를, 그들의 신산한 삶을, 해원굿처럼, 살풀이처럼 풀어내려 한다. 인간으로 태어나 인간으로 살아가기가 힘겨운 세상에서 내가 탐한 인간들을 통해 방향을 잡아보려 한다. 존재만으로도 빛을 발하는 이들을 등대 삼아, 어둠 속으로 침잠하는 이들과 어둠 그 자체인 이들을 길잡이 삼아, 함께 고민하고 성찰하고 아파하고 슬퍼하고 기뻐하면서 나아가려 한다.

산책하듯 떠나는 이 여정에 당신이 함께했으면 한다.

1장_인간이어서 부끄럽다.

어쩌면 인간보다 더 사악한 악마는 없는지도 모른다.

용서받지 못한 자

– 이청준, 『벌레 이야기』

"내가 제일 ×같아 하는 말이 뭔 줄 아냐?

죄는 미워하되 사람은 미워하지 말라는 말이야.

정말 ×같은 말장난이지.

솔직히, 죄가 무슨 죄가 있어?

죄를 저지르는 ×같은 새끼들이 나쁜 거지."

영화 「넘버3」(1997)에서 조직 폭력배인 서태주(한석규)와의 대화 도중에 검사 마동팔(최민식)이 한 말이다. 당최 잊히지 않았다. 사랑과 용서의 잠언처럼 쓰이는 '죄는 미워하되 사람은 미워하지 말라'는 말이 사실 헛소리에 불과한 게 아닌가 하는 생각이 들었기 때문이다. 고개를 끄덕였다. 따지고 보면 죄는 죄가 없다. 죄 혼자 스스로 죄를 짓지는 않으니까. 죄는 누군가가 저지르는 것이다. 그러하기에 죄와 죄지은 자는 떼려야 뗄 수 없다. 이 둘을 분리하는 건, 일종의 음모(?)다.

'죄는 미워하되 사람은 미워하지 말라'는 말은, 용서하는 자가 할법한 말이다. 네가 지은 죄를 용서하고 너를 사람으로 인정하겠다는 뜻을 품고 있기에 그렇다. 그런데 저 말은 보통 피해자가 아닌 가해자가 자신의 죄를 항변하거나 선처를 바랄 때, 또 제삼자가 위로한답시고 피해자에게 용서를 강요할 때 주로 사용된다. 죄의 주체는 쏙 빠지고, 죄지은 자가 제대로 된 사과를 하지도 않았는데 피해자에게만 용서하라고 하는 경우다. 성인군자라도 되라는 말인가 싶다.

죄와 사람의 분리는 경계해야 한다. 죄가 희석되기 때문이다. 죄는 사람이 저지른다. 사람이 빠진 죄는 성립이 안 된다. 죄를 물을 대상이 없어진다. 그런데 출처도 불분명하고, 논리적으로도, 감정적으로도, 성립 불가능한 저 말이 여태까지 사람들 입길이 오르내리는 건 대체 어인

연유인가. 누가 알겠는가. 나 역시 모른다.

다만 저 말에 선의가 있다는 건 안다. 내가 이해하는 선의는, 죄인에게도 인권이 있다는, 죗값을 치르고 나온 이들이 일상적인 생활을 영위할 수 있는 권리가 있다는 정도다. 죄인을 미워하되 그 역시 사람이기에 사람답게 살 수 있도록, 차별받지도 무시당하지도 않고 살 수 있도록 하자는, 죄가 평생 낙인으로 남지 않도록 하자는, 그 정도다. 이건 상식이다. 문제는 이런 상식조차 지키지 못하게 만드는 '용서받을 수조차 없는 죄인', '용서할 수조차 없는 죄인'이다.

죄까지는 아니더라도 의도했든 의도하지 않았든 사람은 누군가에게 상처를 입히고 누군가로부터 상처를 입으면서 살아간다. 그럴 때 상처를 입힌 누군가는 사과하고 용서를 빈다. 용서를 구하지 않을 수도 있다. 그럴 때는 용서 안 하면 된다.

그렇다면 상처 입힌 자가 용서를 빌었을 때 상처 입은 자는 어떻게 해야 할까? 용서를 할 수도 있고 안 할 수도 있다. 상처 입은 자의 권리다. 아무리 애를 써도 용서가 안 되는 상황이 있고, 진심으로 뉘우치는 기색 없이 제대로 된 사과를 하지 않는 사람을 용서할 수도 없는 노릇이다. 용서는, 오로지 피해자의 몫이다. 그런데 죄가 사람과 분리되면 용서할 수 있는 대상도 사라진다. 죄인이 죄 뒤에 숨는 격이다.

하물며 상처 입힌 자가, 상처 입은 자에게 제대로 용서를 구하지 않는다면? 상처 입은 자에게 어서 빨리 잊고 용서하라고 강요한다면? 사과할 의향도 없는 가해자를, 피해자가 먼저 용서하라고 한다면? 그건 용서가 아니라 기만이다. 그런 기만, 심심치 않게 벌어진다. 『벌레 이야기』(열림원, 2007)의 김도섭이 그랬고, 피해자인 알암이 엄마에게 용서를 강요하는 김 집사도 마찬가지였다.

『벌레 이야기』 김도섭은 자신 때문에 피해를 당한 자가 아닌 다른 대상에게 용서를 구한다. 그는 용서의 주체로 신을 상정한다. 신에 귀의했고, 의탁했으며, 천국으로 들어가기를 약속받았다고, 피해자인 알암이 엄마에게 말한다. 인간보다 위에 있다는, 세상을 창조하고 인간을 만들었다는, 인간이라면 누구도 범접하지 못할 존재에게 용서를 구했고, 용서받았다고 말한다. 자신이 죽인 아이에게도, 그 아이 엄마에게도, 그는 용서를 빌지 않았다. 오히려 그는 자신이 죽인 아이의 영혼을 자신과 함께 신의 나라로 인도해달라고, 남아있는 가족의 고통과 슬픔을 사랑으로 위로해달라고 신에게 기도하겠다는 말을 마지막으로 남기고 사형당한다. 끝까지 그는 피해자에게 사과하지 않았다. 신에게 용서를 빌었을 뿐이었다.

기만이다. 사람보다 위에 있는 신에게 죄 사함을 받았으니, 사형을 당하더라도 다른 누군가에게 장기 기증을 통해 새 생명을 주게 되었으니, 그로 인해 마음의 평화를 얻었으니, 그걸로 됐다는 얘기다. 그는 피해자에게서 용서할 기회조차 앗아갔다.

죄를 뉘우치지 않는 이에게는 그에 응당한 대우를 하면 된다. 하지만 김도섭은 응당한 대우를 해줄 기회조차 남기지 않았다. 신을 믿는 이라면 누구나 환영할 만한 말만을 남겼을 뿐이다. 인간보다 위에 있다는 신에게 용서를 받았는데, 그보다 아래에 있는 인간이 용서하지 않을 수 없는, 그래서 피해자에게 비난의 화살을 돌린 채, 피해자에게 용서를 구하지도 않은 채, 피해자를 절망에 빠뜨린 채 그는 사라지고 말았다.

난, 김도섭 같은 이를 여럿 목격했다.

죄를 저지르고도 신을 찾고, 사회 구조와 관행 탓을 하고, 자신이 살아온 남다른(?) 이력을 들먹이고, 자신이 가진 지위와 권력을 이용하고, 금력과 인맥을 동원하고, 법망을 요리조리 피할 궁리만 하고, 피해 당사자가 아닌 국민에게 심려를 끼쳐드려 송구하단 말로 자기 잘못을 희석하고, 본질을 흐리면서 물타기를 자행하고, 만취한 상태여서 심신미약이나 온전한 정신 상태가 아니었다는 주장으로 죗값을 제대로 치르지 않고, 말 같지 않은 궤변으로 죄를 가리려 하고, 처음에는 잘못했다고 하다가 나중에는 내가 잘못한 게 뭐냐고 따져 묻고, 자신을 용서하지 않는 피해자를 옹졸한 인간으로 만들고, 과거보다 미래를 생각하자며 어서 잊자고 주장하고…….

그런 인간들, 부지기수다.

억장이 무너지는 건 피해자와 법망을 요리조리 빠져나가며 인과응보를 비웃는 그들을 두 눈 시퍼렇게 뜨고

봐야만 하는 우리다. 그들은 사과받고, 용서할 기회조차 주지 않는다. 그리고도 잘들 살아간다. 아무렇지도 않게, 언제 고개 숙였냐 싶게⋯⋯.

용서할 수 없는 자들이다. 용서를 들먹일 수조차 없는 자들이다. 그런 이들을 마주할 때마다 마동팔의 말은 궤변이 아니라 참이 된다. 죄와 죄지은 사람은 분리되지 않는다. 용서할 여지조차 남기지 않은 그들과 그들이 지은 죄를, 나는 끝까지 미워하련다.

낙인, 지배를 위한 포석

– 너대니얼 호손, 『주홍 글자』

임신이 알려졌다.

남편이 부재한 여자의 임신. 낙인이 찍혔다. 불경하고 불결하다는 이유로……. 절대 이해하기도 용납할 수도 없는, '계집 녀(女)' 자가 무려 3개나 붙어 있는 간사할 간(姦)에 음란할 음(淫) 자로 이뤄진, 부정한 성관계를 뜻하는 간음(姦淫)을 했다는 이유로…….

여자만 처벌을 받았다. 임신이 표식이 되었기에 여자는 옷에 간음을 뜻하는 영어 Adultery의 머리글자인 A를 평생 가슴에 달고 살아야 했다. 표식(標識)이 낙인(烙印)이 되는 순간이었다.

상대가 누군지는 함구했다. 여자는 임신이 증거가 되

었지만 남자는 그 어떤 표식도 없었기에 누군지 밝혀내기 힘들었다. 어떤 이유에선지 여자는 상대를 발설하지 않았다. 사회가 금하는 죄를 범한 결과로 가해진 형벌을 혼자 감내했다. 아이가 태어난 뒤에도 그는 가슴팍에 주홍 글자 A가 새겨진 옷을 입고 다녔다. 간음한 자라는 낙인이 평생 따라다닐 걸 알면서도······.

그의 가슴에 낙인이 찍히던 날. 남자는 그걸 지켜보고만 있었다. 비겁했다. 여자 혼자 형벌을 감내하도록 방치했다. 간음이 죄가 되는 사회에서, 남자는 죄를 회피했다. 겉으로 드러나는 낙인도 없었다. 다만 스스로 낙인을 찍었을 뿐이었다. 염치를 차렸지만, 한편으로는 파렴치했다. 자신의 죄를 드러내지 못했기에, 용서받거나 벌을 받을 수조차 없었다. 그는 그게 더한 형벌이라 여겼다.

과연 그랬을까. 낙인에 필연적으로 따라오기 마련인 혐오를 그는 겪지 않았다. 죄를 고하지 못해 받아야 하는 가책은 심했을지언정, 죄를 지었음에도 멀쩡한 얼굴로 다른 사람들에게 존경받는 자신을 혐오했을지언정, 그가 책임을 회피한 건 명백했다. 후회하고 참회한다 해도 그건 변하지 않는 사실이었다. 고통의 질과 양을 비교할 생각은 없지만, 남자가 받았을 내면의 고통이 심했다고 해도 여자가 홀로 받았던 형벌보다 더 큰 건 아닐 게다. 낙인찍힌 자의 자유롭지 못한 삶에 비한다면……

낙인(烙印)은 쇠붙이로 만들어 불에 달구어 찍는 도장을 뜻한다. 목재나 기구, 가축 따위에 주로 찍고 예전에는 형벌로 죄인의 몸에 찍는 일도 있었다고 한다. 다시 씻기 어려운 불명예스럽고 욕된 판정이나 평판을 이르는 말이기도 하다. 그러하기에 낙인은 혐오를 부른다. 배제와 분리, 모욕과 모멸, 치욕도 뒤따라온다. 낙인이 찍힌 순간, 낙인찍힌 자는 고립된다. 너무나 당연하게 비난받고 비웃음의 대상이 된다.

단, 예외가 있다. 낙인찍은 자들이 낙인찍힌 자에게 강요한 '죄를 참회하며 평생 수그리고 살라'는 역할을 잘 수행하면, 자신의 낙인을 평생 부끄러워하며 다른 이들의 뜻에 순종하고 복종하면, 낙인찍힌 자로서의 태도를 유지하며 선을 넘지 않으면, 낙인에 깃든 혐오는 조금이나마 희석될 수 있다.

그러나 어찌 됐든 타인의 시선 안에서 살아야 한다는 건 변함없다. 언제나 낙인에 걸맞은 행동을 해야 한다는 것 또한 변하지 않는다. 낙인은 지배를 위한 포석으로 작용한다. 특정한 사회를 지배하는 세력은 언제든 자신의 의견에 반하는 이들에게 낙인을 찍는다. 낙인찍힌 자는 다수로부터 분리되며, 억압당하고 지배당한다. 낙인이 있고 없고는 단순한 차이가 아니라 차별의 근거가 된다.

낙인찍힌 여자, 헤스터 프린이 그랬다. 가슴에 주홍 글자를 단 이후부터 그는 낙인이 주는 혐오를 희석하기 위해 바짝 엎드려 살았다. 아이를 키워야 했고, 자신이 사는 공동체를 떠날 수 없었기에 타인의 기준에 맞춰야 했다. 눈에 띄지 않으려 했다. 괜한 입길에 오르내리지 않도록 조심하고 주의를 기울였다. 가슴에 달린 주홍 글자는 언제든 삶을 파괴할 가능성이 있었다. 그럼에도 그는 모욕을 받았다. 분리되었고 추방된 것과 다름없었다.

헤스터 프린을 보며 한 단어를 떠올린다.

희생자 비난하기 또는 피해자 책임 전가로 번역되는 victim blaming. 엄밀히 말하면 헤스터 프린은 희생자도 피해자도 아니다. 임신을 원하지 않았지만 강제로 성관계를 맺지도 않았다. 다만 그가 살던 시대와 사회는, 부정한 성관계를 비롯한 온갖 도덕적 죄에 대한 책임을 여성을 비롯한 사회적 약자, 소수자에게 더 많이, 거의 전적으로 전가했다. 그런 의미에서 헤스터 프린은 가해자가 아닌 희생자였지만 비난을 한 몸에 받았다. 그래서 더 엎드렸다. 낙인찍힌 자의 역할에 충실했다. 삶을 낙인에 저당 잡혔다.

헤스터 프린에게 찍힌 낙인은 청교도적 질서에 반했다는 죄에 대한 응징이자, 다수가 사회적 약자와 소수자에게 보내는 일종의 신호였다. '선'을 넘지 말라는, '선'을 넘는 즉시 낙인찍힐 수 있다는, 낙인이 찍히는 순간부터 삶이 파괴된다는, 지배이데올로기에 항거하지 말라는 본보기였다. 지금도 그런 본보기는 넘쳐난다.

낙인찍기가 횡행한다. 누군가에게 너무나 쉽게 낙인을 찍고 응징하는 일이 비일비재하게 일어난다. 일단 낙인이 찍히면 죄의 유무나 경중과 관계없이 여론 재판이 벌어진다. 마치 사람들은 낙인찍힌 누군가를 혐오하고 모욕해도 된다는 권리가 주어진 것처럼 응징한다. 일거수일투족을 감시하고, 낙인에 걸맞은 행동을 하지 않으면 곧바로 모욕과 혐오에 노출된다. 그러나 누구에게도 타인의 삶을 낙인찍고 혐오하고 모멸할 권리는 없다. 누구도 그런 권리를 부여한 적이 없다. 그건 권리가 아니라 폭력일 뿐이다.

낙인은 소수자와 사회적 약자에게 가하는 형벌로 기능한다. 성폭력 사건이 발생했을 때 가해자가 아닌 피해자 여성을 'OO녀'라는 식으로 부각시켜 보도하는 언론의 행태는 그 자체가 2차 가해다. 여자가 왜 밤늦게 돌아다니느냐, 술을 왜 그렇게 많이 마셨느냐, 옷차림이 왜 그렇게 야했느냐 등등 여성은 피해자임에도 이른바 '현모양처'로 대표되는 여자답게 행동하지 않았다는 이유로 혐오의 대상이 되고 폭력에 노출된다. 거기에 더해 느닷없이 꽃뱀을 소환하고, '꼬리 쳤다'라는 저열한 말과 함께 비난한다.

리벤지 포르노의 피해자로 전 남자친구로부터 협박을 당했는데도 가해자보다 피해자에게 더 큰 낙인을 찍는다. 또 '탈 브래지어'를 했다는 이유만으로 여성 연예인은 댓글로 끔찍한 혐오와 폭력에 시달려야 했다. 안타깝지만 그는 극단적인 선택을 했다. 암담한 현실이다.

여성으로서 목소리를 내는 자, 페미니스트로서 남성 지배사회에 균열을 내려고 하는 자, 모두 혐오 가득한 낙인에서 벗어나지 못한다. 낙인은 저항하고자 하는 의지를 침식하고, 낙인찍힌 자의 삶을 잠식한다. 그로써 지배는 공고해진다.

때로는 존재 자체가 끔찍한 죄악으로 다뤄진다. 동성애자는 인간임에도 존재를 부정당한다. '동성애를 찬성하냐 반대하냐'라는 무식하고 무지한 질문이 횡행한다. 어리석고 저열하며 혐오를 내포한 질문이다. 인간 존재를 두고 찬반을 논할 수 없는 것처럼 동성애자 역시 마찬가지다. 그런데도 동성애에 대해서는 찬반을 강요한다. 그런 사회에서는, 커밍아웃을 하든, 아웃팅을 당하든, LGBT(Lesbian Gay Bisexual Transgender)는 성적 지향과 성 정체성을 가리키는 말이 아니라 낙인이 된다. 그 낙인은 누군가를 강제 전역시키고, 누군가의 대학 입학을 반대하는 논거가 된다.

낙인찍힌 자에게 가해지는 사회적 형벌이자 그들에게 강요하는 삶은 "숨죽이고, 없는 듯 살아가라."이다.

오늘도 주홍 글자가 난무한다.

누군가는 낙인찍힌 채 조용히 죽어간다.

빌어먹을!

우리가 떨군 밥풀때기

– 김소진, 『열린 사회와 그 적들』

자유와 평등.

공정과 공평.

사랑과 박애.

연대와 소통.

이런 말을 들을 때마다 개운치 않다. 저 낱말이 뜻하는 바는 명확하고, 내가 지향하는 삶이며, 바라는 세상이기도 한데, 왠지 저 낱말이 허위인 듯 여겨질 때가 있다. 입에 발린 말이라고 해야 할까? 죽은 말, 사어(死語)라고 해야 할까? 그것도 아니면 말만 앞서고 행동은 뒤따라오지 못하는 공언(空言)이라고 해야 할까? 실속 없는 빈말인 허언(虛言)일지도 모르겠다. 너무 비관적이라고 비판할지도 모르겠지만, 나는 가끔 저 말들이 허상처럼 여겨진다. 현실이었으면 하지만, 현실과는 동떨어진, 말로만 존재하는, 신기루 같은 말이라는 절망 섞인 느낌.

허위, 사어, 공언, 허언, 신기루.

그것을 뭐라 규정하든 말이 제힘을 갖지 못하는 건, 현실이 말을 반영하지 못하기 때문이다. 자유와 평등을 얘기하지만, 현실에서는 억압과 차별이 다반사로 일어난다. 공정과 공평을 부르짖는 건 특권과 서열이 존재한다는 걸 반증한다. 사랑과 박애는 멸시와 모멸이 횡행하는 현실사회에서는 별 힘을 못 쓰는 듯하고, 연대와 소통은 단절과 불통을 도드라지게 만든다. 여전히 비관적인가? 하지만 어쩌면 현실을 직시하고 있다는 생각이 드는 건 왜일까?

어떤 사안을 판단하고, 세상을 어떻게든 변화시키려 할 때 선행되어야 할 게 현실을 직시하는 일이라 생각한다. 입바른 소리만 한다고 해서 현실이 바뀌지는 않는다. 현실을 너무 모른다, 이상적이다, 교과서 같은 얘기다, 이런 말을 듣게 될 뿐이다. 그렇다고 포기할 수도 없지만,

별다른 고민 없이 섣부르게 이상만을 얘기하는 건 공허할
뿐이다.

지금 우리네 현실이 어떤지, 그 현실을 바꾸려면 어떻
게 해야 할지, 말만 하기보다 그에 앞서서 어떤 행동을 해
야 할지, 언행일치가 되지 않고 구호만 앞서는 게 어떤 결
과를 낳을지를 심각하게 고민해봐야 한다. 이것이 『열린
사회와 그 적들』(솔, 1997)의 박상선 씨를 비롯한 소위
'밥풀때기'라 불리는 사람들이 내게 던진 화두였다.

어떤 기준에 따라 누군가를 분리하고, 분리가 차별로
전환되는 걸 경험한다. 다수와 소수가 나뉘었을 때, 내 편
과 네 편이 나뉘었을 때, 누군가를 나와는 다른 사람으로
분리하고, 나를 조금 더 높은 위치에 둘 때, 분리는 필연
적으로 차별을 부른다.

'넌 나와 달라'가 아닌 '넌 나보다 못해'라는 생각이 머
릿속에 똬리를 튼 채 머물러 있는 걸 종종 깨닫는다. 그
생각이 차별을 정당화한다. '넌 옳지 못하지만 난 옳아'란
아집이 차별을 심화시킨다. 차별해야 할 이유는 차고 넘
친다. 문제는 차별이라 생각하지 않으면서 차별하는, 차

별이 충분히 나쁜 걸 알지만 자기 행동은 절대 차별이 아니라는 확신이다. '내가 옳다'는 확신은 차별을 공고하게 만든다.

서울 중구 저동 백병원 앞에서 벌어진 일이 그랬다. 민주화 시위 중에 숨진 열사의 시신 탈취를 막기 위해 수많은 사람이 모여 시신을 지켜내던 그곳. 백골단의 무자비한 진압으로 질식사한 열사의 시체를 독재정권은 갖가지 추잡한 방법을 통해 탈취하려 했고, 민주화운동 진영에서는 그걸 지켜내고 부검을 통해 정권의 부당한 '토끼몰이' 진압을 증명하려 했다.

그 와중에 '초대받지 못한' 길거리의 노숙인과 일용 노동자들인 '밥풀떼기'들이 백병원 앞에 진을 친다. 민주화운동 진영에서는 그들이 정권의 사주를 받은 게 아닌가 의심하고, 소위 여론전을 위해 다소 폭력적인 그들과 자신들을 분리하려 한다.

그럴 수밖에 없는 저간의 사정이 있었다. 우선은 경찰을 비롯한 공권력이 시신을 탈취하기 위해 환자나 시위대로 위장하고 들어오는 일들이 있었기에 병원을 지키는 이들이 민감해져 있었기 때문이다. 또 '밥풀때기'들이 까닭 없이 폭력적인 행동을 보이기도 하니까 여론을 악화시키려는 목적에서 '기관'에서 보낸 사람들이라고 의심할 여지도 충분했다. 독재정권의 무자비한 진압 속에서 대학생과 노동자들이 연달아 죽어 나가던 1991년, 그 시절은 서슬 푸른 칼끝을 서로에게 겨누고 있던 때였으니까.

이들이 병원에 돌을 던지고 침을 뱉는 데는, 병원 마당에 화톳불을 피우고 술을 마시는 데는 사연이 있다. 이들은 갈 곳이 딱히 없다. 그간 살아오면서 받은 설움을 풀 곳도 없다. 산업재해인데도 병원에서 제대로 치료받지 못해 일용직 노동자로 전전해야 하는 현실이, 생존을 위해 마련한 노점을 하루아침에 단속으로 날려야 했던 사정이, 살던 집이 재개발로 철거된 후에 '재건대 마을'에서 자랐지만 빈민으로 살아가야 하는 암담한 절망이, 이들에겐 있었다. 그걸 어떻게든 풀어내기 위해 백병원 마당으로 모인 것이었다. 민주화가 되면 삶이 바뀌지 않을까 하는 일말의 희망도 섞여 있었다.

하지만 병원 앞에 진을 치고 있던 백골단과 전경, 병

원 안에서 민주열사의 시신 탈취를 막으려 하던 '대책위' 사람들 사이에서, 오직 밥풀때기들만 갈 곳을 잃는다. '일반 시민'의 지지를 얻기 위해서는 '밥풀때기'들의 폭력적이고 과격한 행동이 하등 도움이 되지 않는다고 대책위 사람들은 못을 박는다. 그들은 '일반 시민'과 '밥풀때기'를 명확히 구분 지으려 한다. 아이러니하게도 그들이 지지를 받으려는 일반 시민의 범주 안에 '밥풀때기'는 없었다. 그럼에도 대책위 사람들은 개개인이 사회의 진정한 주인이 되는 '열린 사회'를 얘기한다.

"열린 사회라는 건 계급이나 종족 그리고 이데올로기라는 신화가 더이상 개인에게 굴레가 되지 않고 개개인이 사회의 진정한 주인으로서 질적으로 더 많은 자유와 민주주의, 물질적 풍요와 평등을 이룰 수 있는 마당이며 소수에 의한 지배가 아니라 이성적으로 눈뜬 다수에 의한 착실하고도 양심적인 사회 운영이 기본 원리로 받아들여지는 사회를 가리키는 것이오."[*]라면서……

옳은 말이다. 열린 사회, 바라는 사회다. 그러나 그 열

---

 * 김소진, 『열린 사회와 그 적들』(솔, 1997), 86쪽.

린 사회를 위해 누군가에게는 문을 닫아버리는, '옳은 목적'을 위해 '그른 행동'을 한다고 판단되는 누군가를 배제하는 아이러니를 어떻게 받아들여야 할지 난감하다. 이들이 말하는 열린 사회, 또 일반 시민의 범주 안에, 박상선 씨를 비롯한 밥풀때기들의 자리는 없다. 열린 사회를 위한다는, 또 일반 시민을 위한다는 말은, 그래서 빈말로 들린다.

　

"재복아, 여긴 별이 안 보이는구나."**

　

대책위 사람들과의 충돌 이후 박상선 씨가 한 말이다. 심연에서 빠져나오지 못한 자의 절망 가득한 한탄이다. 여기에도 끼지 못하고 저기에도 속하지 못한, 여기서 내쳐지고 저기서 버림받은, 희망조차 꿈꾸지 못한 삶을 사는 '떨거지'의 넋두리였다. 벽과 벽 사이에서 끼이고, 그 사이에서 헤어 나올 수 없음을 깨달은 너무 무력해서 소리조차 낼 수 없을 만큼 조용한 '따라지'의 신음이었다.

** 김소진, 『열린 사회와 그 적들』(솔, 1997), 87쪽.

밥공기 밖으로 떨궈진 밥풀때기를 본다. 서툰 젓가락질 때문에, 너무 성급하게 밥을 욱여넣으려다 밥공기 밖으로 밀려난 밥풀때기다. 그 밥풀때기가 스스로 떨어진 건 아니다. 바로 내가 떨군 밥풀때기다. 우리가 떨군 밥풀때기다.

궁금해진다.

과연 열린 사회의 적은 누구일까.

밥풀때기인가. 아니면 밥풀때기를 흘리고 버리는 나인가, 우리인가.

인간으로 태어나 벌레로 죽긴 싫어

– 프란츠 카프카, 『변신』

첫 문장부터 빠져드는 글이 있다.

글의 전체 분위기를 간명하게 표현한 첫 문장을 볼 때마다 부럽다. 그중 하나가 프란츠 카프카의 『변신』이다.

"어느 날 아침 뒤숭숭한 꿈에서 깨어난 그레고르 잠자는 자신이 침대에서 흉측한 모습의 한 마리 갑충으로 변한 것을 알아차렸다."[*]

첫 문장을 읽고 어안이 벙벙했다. 밑도 끝도 없이 인간이 벌레로 변한다는 설정과 그걸 첫 문장에서 너무 담

---

[*] 프란츠 카프카, 홍성광 옮김, 『변신』(열린책들, 2007), 95쪽.

담하게 풀어낸 것이 놀라웠다. 어떻게 이야기를 끌고 갈까 하는 호기심이 일었다. 과연 진짜로 벌레로 변한 건지, 환상인지, 꿈에서 아직 깨지 못한 건지, 얼마나 당황했을지 궁금했다.

글을 읽는 나도 당황스러운데 벌레로 변한 그레고르 잠자는 얼마나 황망했을까. 그런데 뭔가 이상하다. 그레고르는 벌레로 변했는데도 크게 당황하지 않는다. 우중충한 날씨 탓에 기분이 울적할 뿐이다. 잠을 더 자서 이런 말도 안 되는 상황을 잊을까 하고도 생각한다. 소스라치게 놀랄 법한데 그레고르는 태연하다. 옆으로 돌아누울 수도 마음대로 일어날 수도 없는 상태를 불편해하고, 왜 하필 이런 고달픈 직업을 가져서 벌레로 변하는 일이 생겼을까 하고 원망할 뿐이다. 그걸 보고 당황하는 건 독자의 몫이다.

벌레로 변한 사실에 별 반응이 없던 그레고르는 시계를 본 이후부터 달라진다. 출장 영업사원인 그는 출발 시간이 늦었다는 걸 알고 어떻게 해야 할지 난감해한다. 어서 일어나 자신이 쓸모없는 인간이 아니라는 걸 회사에 알려야 하는데, 늦기 전에 기차를 타야 하는데, 자신이 벌어들이는 수입에 의존하는 가족을 먹여 살리려면 뒤집어진 몸을 일으켜 세워야 하는데, 당최 그럴 수가 없다. 벌레로 변했다는 사실보다 일하러 나갈 수 없다는 게 더 큰 고민이다.

그 고민에 답이라도 하듯 회사의 지배인이 찾아온다. 잠겨 있는 그레고르의 방 앞에서, 그를 힐난한다. 아버지와 어머니, 여동생은 어쩔 줄을 모른다. 왜 방문을 닫아걸고 나오지 않는지 발만 동동거린다. 그러다 우여곡절 끝에 그레고르가 벌레로 변한 모습을 드러낸다.

그때부터였다. 그동안 가장 역할을 하며 가정의 수입을 해결해오던 그레고르의 수난이 시작된 것은……. 경악한 지배인은 슬금슬금 자리를 피했고 가족들은 흉측한 벌레가 그레고르임을 눈치챘지만 괴물로 변한 그를 방안에 가둔다. 그레고르를 피하고 끔찍해 한다. 아직 인성(人性)을 가지고 있지만 말을 하지 못하게 된 그레고르는 그 상황에서 할 수 있는 일이 없다. 그저 받아들여야 할 뿐이다.

결국 그레고르는 방 밖으로 나오려 하다가 아버지가 던진 사과가 등에 박혀, 상처가 덧나 죽게 된다. 파출부가 벌레 사체를 치우고 가족들은 소풍을 간다. 가족들은 이사 가는 것으로 뜻을 모으고, 상황이 그리 나쁘지 않다고 느낀다. 그레고르를 제외한 세 사람의 가족은 새로운 꿈을 꾼다.

한 인간의 삶이 이리 무참히 무시당해도 되는 걸까 싶다. 벌레로 변했다고 과거의 흔적을 깨끗하게 지우고, 양심의 가책도 느끼지 않는 게 온당한가 하는 생각도 든다. 인간의 시선으로 봤을 때 혐오스러울지언정 벌레는 죄가 없다. 그레고르도 마찬가지다.

그레고르의 수난은 그가 벌레로 변하기 이전부터 시작된 것인지도 모른다. 그레고르가 원치 않는 변신을 하고 난 뒤 가장 고민했던 지점을 다시 살펴본다. 그는 고달픈 직업 때문에 이런 일이 일어난 거라고, 자기가 벌레로 변했다는 경악할 만한 사건 앞에서도 출근하지 않으면 회사에서 해고당하고 가족의 생계를 책임지지 못할 거라고, 고민한다. 담담하게 서술된 그 부분을 읽으며, 문득 내가 처하곤 했던 상황이 떠올랐다.

　아이가 어릴 때 바라던 것이 하나 있었다. 아프더라도 아침에는 아프지 않았으면 좋겠다는 것이었다. 아침에 아프면 유치원에 보낼 수 없고, 그러면 당연히 회사에 나갈 수 없게 된다. 맞벌이이기 때문에 나와 아내 중 당장 오늘 처리할 일이 없는 사람이 아이를 돌봐야 했다. 그럴 때면 회사에 구구절절 변명(?)을 늘어놓아야 했다.

"아이가 아파서요. 오늘 출근이 좀 늦을 것 같습니다. 죄송합니다."
"갑자기 아이가 열이 올라서요. 아무래도 오늘 출근을 못 할 듯합니다. 죄송합니다."

　이런 말과 함께 회사에 늦거나 하루 쉬는 일이 있었다. 그럴 때 자동으로 붙는 게 죄송하다는 말이었다. 내가 처한 사정만 얘기해도 됐을 텐데, 무단결근도 아니고 주어진 휴가 일수에서 하루를 쓰는 거고, 지각한다고 해도 그 시간도 휴가 일수에서 빠지는 건데, 나는 당연한 권리를 행사하면서도 죄송하다는 말을 입에 올렸다. 그 억울한 죄송함은 때로 아픈 아이에게 괴이한 원망으로 가닿기도 했다. "하필 왜 아침에 아파서….'란 식으로 말이다.

건강했던 아이가 하룻밤 새에 아픈 아이로 '변신'한다. 회사에 가야 하는 일상에 차질이 생긴다. 아이는 이때 가족이긴 하지만 '짐'처럼 여겨진다. 부끄럽다는 말로도 부족하다. 자신에게 혐오감이 든다. 벌레로 변한 그레고르를 제대로 돌보지 않는 가족과 내가 다른 게 뭐가 있을까. 하나도 다르지 않다.

벌레로 변한 것보다 출근 시간에 늦었다는 걸 먼저 고민하는 그레고르에게서 나는 내 모습을 봤다. 당장 해결해야 할 일에 몰두한 나머지, 무엇이 더 중요한지도 모른채, 내게 닥친 조그마한 불편(?)을 아이 탓으로 돌리는, 그런 지질하고 추잡하고 추악한 모습을……. 그레고르는 몸이 벌레로 변했지만, 나는 마음이 괴물로 변한 것이었다.

'죄송하다'는 말은 회사에 할 게 아니라 아이에게 해야했다. 직장에 다닌다는 이유로, 돈을 벌어 가족의 생활비를 댄다는 알량하기 그지없는 변명으로, 조직에 밉보이지 않아야 한다는 걱정으로, 아이를 비롯한 소중한 이들을 소홀히 대한 건 '죄'다. 그레고르도 어쩌면 '죄'를 저지른 건지도 모른다. 스스로를 회사와 가정의 부속품으로 내재화해 자신을 돌보지 않은 게 죄라면 죄라고 할 수 있겠다.

사축(社畜)이란 말처럼 회사의 부속품으로 쉽게 '변신'하는 인간이지만, 적어도 자신과 주변 사람에 대한 존중은 잃지 말아야겠다. 뭐가 우선인지, 무엇이 내 인생을 좌우하는지 정도는 분별할 줄 알아야겠다. 그렇지 않다면, 생은 그 의미를 잃을 테니까. 인간으로 태어나 벌레로 죽은 그레고르처럼 말이다.

'입속의 검은 잎'을 두려워하라

– 사이토 미쓰구, 「목숨의 빛줄기가」

아무 생각 없이 툭 던진 한마디에 누군가의 얼굴색이 변한다. 농담이랍시고 한 말에 분위기가 급속하게 냉랭해진다. 지극히 올바른 생각이어서 누구나 공감할 수 있을 것 같아 한 말에 누군가가 분노에 찬 말로 응대한다. 상대방의 입장을 이해했다고 믿으며 한 말이, 잘 알지도 못하면서 내뱉는 성급한 충고가 되어 버린다. 거슬리는 말을, 거슬리는 어투로 내뱉는다. 가끔 가르치려 든다. 말이 갈등의 씨앗이 되는 상황이다.

내 입이 두려울 때가 있다. 입에서 발화되는 말이 가끔 무섭다. 정리되지 않은 상태에서 갑작스럽게 튀어나오는 말도 무섭고, 나름대로 생각을 정리하고 한 말도 두렵다. 말이 망언이 되는 건 한순간이기 때문이다.

　말의 무게는 그 사람이 살아온 인생의 무게와 정비례한다. 말과 행동이 일치할 때 설득력이 있다. 행동이 뒤따라오지 않는 말은 실속 없는 빈말인 허언(虛言)이다. 아무리 옳고 좋은 말이라 할지라도 말에 무게가 실리지 않는다. 공허한 말장난이어서 거짓말에 불과하다.

　사리에 맞지 않을 뿐만 아니라 망령된 말은 망언(妄言)이다. 망언은 말실수인 실언(失言)보다 상당히 큰 파장을 일으킨다. 허튼소리고 망발이고 헛소리다. 남을 속이는 거짓된 말인 식언(飾言)이나 위언(僞言)은 허언이나 망언보다 더 악하다. 관계의 생명인 신뢰를 깨뜨리기 때문이다.

　이런 말 중에 내가 최악으로 치는 말은, 위장한 말이다. 아주 그럴싸하게 위장하지만, 그 속에는 어마어마한 폭력이 담겨 있는 그런 말이다. 실제 속마음은 그러지 않으면서, 자신을 괜찮은 사람이라고 꾸미고, 삐뚤어진 사고회로에 갇혀 있으면서도 아주 바른 사람인 것처럼 은폐하고, 궤변을 궤변이 아닌 것처럼 속이고, 부드러운 말씨와 글투로 본질을 흐리고 왜곡하는, 그런 말을 최악으로 친다.

배운 티 팍팍 내면서, 남들이 알아듣지 못할 용어를 사용하면서, 자신의 관대함과 너그러움을 뽐내면서, 타인을 위로한답시고, 사랑한답시고, 가르친답시고, 충고한답시고 내뱉는 말들에 분노한다. 그건 자신을 속이고, 남을 속이는 것과 같다. 그 말을 하는 사람의 혀가, 나는 부끄럽다.

꾸며낸 혓바닥으로
상냥하게, 희망을 노래하지 마라
거짓된 목소리로, 소리 높여, 사랑을 부르짖지 마라[*]

서경식의 『시의 힘』(현암사, 2016)에서 인용한 일본 시인 사이토 미쓰구의 「목숨의 빛줄기가」란 시의 일부다. 이 시를 보며 난 기형도의 시 제목이기도 한 '입속의 검은 잎'을 떠올렸다. 입속의 검은 잎, 꾸며낸 혓바닥, 거짓된

* 서경식, 서은혜 옮김, 『시의 힘』(현암사, 2016), 14쪽.

목소리. 여섯 글자로 이뤄진 이 세 문장이 절묘하게 조응한다고 여겼다. "내 입속에 악착같이 매달린 검은 잎이 나는 두렵다"고 말한 기형도와 달리 사이토 미쓰구의 시속 화자는 거짓된 희망과 사랑을 그럴싸하게 꾸며대는 사람들을 향해 일갈한다. 꾸며낸 혓바닥과 거짓된 목소리로, 상냥하게 소리 높여 희망을 노래하지도 사랑을 부르짖지도 말라고.

저 시구를 보고, 난 다른 사람이 아닌 나를 떠올렸다. 돌아본다. 과연 나는 어땠는가. 내 입에서 나온 말이 꾸며낸 혓바닥에서 나온 거짓된 목소리는 아니었는지. 지금 쓰고 있는 이 글을 포함해서 나를 미화하고 위장하면서, 그럴싸하게 포장하지는 않았는지, 진심을 가장한 폭력의 언어를 사용하지는 않았는지……. 아니었으면 좋겠지만, 아니라고 확언, 못하겠다.

누군가와 대화를 할 때 '나는 잘 모르지만…', '내가 이렇게 말하는 게 맞는지 모르겠지만…'이란 말을 자주 하는 편이다. 상대방과 내 경험이 다를 수밖에 없기에 최대한 내 경험에서 비슷한 걸 끄집어내서 대화를 나누곤 한다. 그렇게 하는 말이 상대방과 얼마나 호응하는지는 모르겠다. 어쩌면 이런 말들은 자기만족인지도 모른다. 이 정도 경험을 해봤다거나 이런 경험을 통해 난 이런 걸 느꼈다, 어려웠지만 이렇게 극복했다는 등등의 말을 상대방에게 자랑처럼 얘기하고 있지는 않은지……. 이 역시 아니라고 확언, 못하겠다.

되도록 말에 꾸밈을 더하지 않으려 한다. 짐짓 위로하는 척, 일천한 내 경험을 보편화해서 말하지 않으려 한다. 진심이 담기지 않은 위로, 기약 없는 희망, 공감 없는 섣부른 동정을 경계한다. 그런데 말을 하다 보면 가끔 탄력이 붙는다.

그런 날은 말이 말을 끌어낸다. 말을 많이 한 날이면, 곰곰이 내뱉은 말들을 곱씹어 본다. 대부분 부끄러워진다. 내 입에서 나온 말들이 모두 실언인 것만 같고, 하지 말았어야 할 말들이 왜 이리 많은지. 할 말, 안 할 말, 구분하지 못한 건 또 왜 이리 많은지. 진심이 담기지 않은 말도, 꾸며낸 말도 많다. 주섬주섬 주워 담고 싶다. 침묵해야 할 때인데도 앞뒤 분간 못하고 말을 내뱉고 만 내가 부끄럽고, 수치스럽다.

말은 흉기가 되곤 한다. 무심코 한 말이 듣는 이의 아킬레스건을 건든다. 말이 화를 부르는 형국이다. 가늠되지 않는 아픔을 가지고 살아가는 이들에게 섣부른 충고나 위로는 독이 될 뿐이다. 그럴 때는 침묵이 답이다. 그냥 조용히 있어야 한다. 희망을 얘기하더라도 꾸며낸 혓바닥이면, 사랑을 부르짖을지라도 그게 거짓된 목소리면, 말속에 담긴 메시지는 제 갈 길을 잃는다. 그 말을 내뱉은 사람은, 자기가 만들어놓은 거짓 성채에서 마치 왕처럼 군림하고 있는, 참담한 형국에 빠진다. 메신저 자체가 문제가 있는데 메시지가 어찌 신뢰를 얻을 수 있겠는가.

내 입이 두렵다.

내 말과 글이 두렵다. 내 말과 글이 "입속의 검은 잎, 꾸며낸 혓바닥, 거짓된 목소리"에서 벗어나지 못할 것만 같아 한없이 두렵다. 그런데 아이러니하게도 그 두려움이 글 쓰는 이에게 필요하다고 여긴다. 그래야 말과 글이 흉기가 되지 않을 수 있기 때문이다.

말과 글로 벌어 먹고살고, 정치인이나 전문가로서 말

할 기회가 많고 기자를 포함해 지면에 글을 실을 수 있는 것은, 대단한 특권이다. 누구든 그 말과 글을 듣고 볼 수 있지만, 오로지 선별된 몇몇에게만 말할 장소와 글 쓸 지면이 주어진다. 대부분의 사람은 경험하지 못하기에 그건 권력이 된다. 권력에는 책임이 따른다.

말과 글은 최소한의 논리가 수반되어야 하며 솔직해야 한다. 그런데 두 가지가 없는 말글이 너무 많다. 사실관계도 맞지 않고, 이미 내린 결론에 꿰어맞추기 위해 사실을 왜곡하는 것은 물론, 공공의 이익을 위한 것처럼 꾸몄지만 사실은 자신이 속한 조직이나 자신의 이익을 위해, 즉 사리사욕 때문에 내뱉은 말글도 많다.

그들은 혐오 표현을 곁들인 망언을 일삼고, 없는 사실을 있는 것처럼 있는 사실을 없는 것처럼 꾸미는 글을 쓰고, 그게 사실이 아니라고 밝혀져도, 이를 바로잡지도 않고 피해를 당한 이들에게 사과도 하지 않는다. 논리도 없고 솔직하지도 않으며, 권력을 누리고도 책임은 지지 않는다. 그러면서도 잠 못 이루며 이 나라의 현재와 미래를 걱정하는 지도층인 양, 팩트에 기반해 엄밀하게 기사를 쓰는 기자인 양, 어느 정파에도 속하지 않고 독야청청하며 사회 부조리를 비판하는 작가인 양 행세한다.

위장한 말글을 내뱉는 이는 위장한 인간이다. 위선자다. 입속의 검은 잎으로, 꾸며낸 혓바닥으로, 거짓된 목소리를 내뱉는 자다. 성찰도 반성도 하지 않고, 책임 따위는 개나 물어가라며 오로지 권력만을 누리려 하는 자다.

말과 글을 흉기로 사용하는 그들에게 고한다.

그 입 다물라!

무엇이 인간이고 무엇이 괴물인가

– 메리 셸리, 『프랑켄슈타인』

이름이 없다.

피조물, 그게 이름을 대신한다. 피조물을 만든 이는 이름조차 지어주지 않았다. 혐오했다. 두려워했다. 내쳤다. 도망쳤다. 피조물은 괴물의 대명사가 되었다. 시체로 얼기설기 꿰맨 몸에 흉측한 몰골을 한 그는, 태어나지 말아야 할 존재로 사람들에게 각인되었다. 몇백 년이 흐른 뒤에도 그는 공포와 혐오의 존재로 남았다.

피조물은 나중에서야 이름을 부여받는다. 자신을 만들어내고 버리고 저주한 프랑켄슈타인이란 이름으로 불린다.

프랑켄슈타인 박사는 인간이 되고자 했지만 인간 사

회에서 배제된 피조물에게 공포와 끔찍함을 남겨줬다. 프랑켄슈타인 박사는 책 속에서도, 책 밖에서도 끝끝내 비겁했다. 사랑하는 이를 잃은 슬픔을 반복하고 싶지 않았던 욕망, 자신이 가진 천재성과 연금술에 대한 과도한 집착 등이 뒤섞여 프랑켄슈타인 박사는 하지 말아야 할 짓을 했고, 그 책임을 외면했다. 그는 인간이었지만 괴물에 가까웠다. 프랑켄슈타인이란 괴물 뒤로 숨은 셈이다.

인간은 피조물이다. 누구 하나 자신이 원해서 태어난 사람은 없다. 태어나게 해달라고 기원한 사람도 없다. 기억에도 없는 어느 날 태어났다. 태어나보니 살아야 했고, 살다 보니 조금 더 행복했으면 싶다. 피조물도 마찬가지였다. 기억에도 없는 어느 날 태어났고 바로 버려졌다. 태어나자마자 혐오의 대상이 되었다.

시체의 몸으로 만들어진 피조물은 인간의 틈에 끼지 못했다. 자기가 누구인지, 왜 태어났고 버려졌는지조차 모른 채 사람으로부터 도망치다 한 농가에 숨어들었고, 그곳에서 인간의 따뜻한 면모를 확인한다.

글을 읽을 수 있게 되면서 그는 자신을 인간으로 자각

하지만, 그것도 잠시 그는 나락으로 떨어진다. 자신이 "걸어 다니는 송장 더미였고, 썩은 시체 주머니였던 것"을 알게 되었고, "내가 생명을 받은 날에 저주가 있기를!"*이라고 절규한다. 엎친 데 덮친 격으로, 자신을 품어줄 것이라 기대했던 이들이 자신의 모습을 보자마자 흉측스러워 경계하는 걸 보고 상처를 입는다. 그 어디에도 그가 살아갈 곳은 없어 보였다.

그토록 인간이 되고 싶었지만, 결국 인간이 아닌 괴물로 불린 그에게 남겨진 선택지는 별로 없었다. 스스로 죽든가, 살아남든가. 그가 선택한 건 생존이었다. 행복해지고 싶었다. 다른 인간에게 배척당한 그는 자기와 비슷한 동류를 원했다. 혼자가 되고 싶지 않았다. 세상에서 유일하게 자신과 비슷한 사람, 자기 곁에 머물 수 있는 사람, 여자 친구를 원했다. 그런 인간을 만들어달라고 요구했지만, 프랑켄슈타인 박사는 그 요청을 들어주지 않았다. 피조물과 같은 괴물을 또 하나 만들어내고 세상에 내놓을 수 없었다. 겁이 났기 때문이다.

* 메리 셸리 원작, 마르그레테 라몬 글, 드라호으 자르 그림, 최인자 옮김, 『프랑켄슈타인』 (웅진주니어, 2006), 154쪽.

피조물은 복수를 택한다. 소중한 사람을 얻지 못한 좌절감을 프랑켄슈타인 박사에 대한 복수로 풀어낸다. 박사가 사랑한 사람들을 죽였다. 소중한 걸 앗아갔고 박사를 세상으로부터 단절시켰다. 피조물은 행복을 원했지만, 끝끝내 행복해지지 못했다. 자신을 창조한 사람에게서조차 버림받은 그에게 행복이란 가당치 않았다.

이 모든 상황을 만든 이는 프랑켄슈타인 박사다. 그가 피조물을 만들지 않았다면, 피조물을 버리지 않았다면, 두려워하지 않고 도망치지 않았다면, 아니 그전에 자신이 만든 피조물을 있는 그대로 인정했다면, 상황은 달라졌을지도 모른다.

괴물로 태어난 인간을 절망 속으로 밀어 넣지도 않았을 테고, 혐오와 폭력에 시달리다 인간에게 폭력을 되돌려주게 된 괴물의 고뇌 또한 없었을 테다. 자신이 만든 피조물을 괴물로도, 악마로도 만들지 않았을 거다. 하지만 프랑켄슈타인 박사는 처음에는 최선을 다해 도망치기만 했다. 나중에야 자신의 손으로 만든 괴물을 없애기 위해 그 뒤를 쫓았지만 때는 이미 늦었다.

프랑켄슈타인 박사는 괴물보다 더 괴물다운 인간이었다. 괴물의 모습을 지닌 피조물이 오히려 인간에 가까웠지만, 그 역시 자신을 인정하지 않는 프랑켄슈타인 박사에 대한 분노와 복수심에 휩싸여 끝내 괴물이 되었다.

피조물은 잃어버린 사랑, 아니 얻지 못한 사랑을 갈구했다. 외로움에서 벗어나려 했다. 다른 인간들과 따뜻하게 교류하며 인간답게 살고 싶었다. 하지만 태어나는 그 순간부터 그건 허락되지 않았다. 아무리 몸부림쳐도 달라지지 않는 현실 앞에서 그는 복수로도 절대 사라지지 않는 고통에 시달렸다. 그 고통이 그를 괴물로 만들었다. 그런데도 프랑켄슈타인 박사는 그 고통을 헤아리려 하지 않았다. 사랑을 원하던 이에게 혐오를 안겼을 뿐이다.

인간 프랑켄슈타인과 괴물 프랑켄슈타인은, 모두 인정받기를 원했다. 사랑받기를 원했다. 그 욕망에 시달렸다. 어쩌면 그게 이들을 괴물로 만든 원인인지도 모른다. 인정욕구에만 매몰된 결과 광기에 사로잡혔는지도 모른다. 누구나 그런 것은 아니었으나, 두 명의 프랑켄슈타인은 서로를 괴물로 만들고 말았다.

인간보다 더 인간다운 괴물이었던 피조물.

괴물보다 더 괴물 같은 인간이었던 창조자.

괴물(창조자)이 만들어내고야 만 괴물(피조물).

이 모두가 프랑켄슈타인이라는 이름에 담겨 있다.

어렴풋하게 눈치챘다. 프랑켄슈타인이 실은 인간의 또 다른 이름이라는 것을······.

인간보다 악마다운 악마가 어디 있겠는가

– 이승우, 『생(生)의 이면』

무참하다.

하루가 멀다 하고 벌어지는 끔찍한 사건을 접할 때마다, 인간이라는 존재가 무섭기 그지없다. 평범한 듯 보이던 사람이 잔혹한 살인을 저지르고, 시신을 훼손하기까지 한다. 약자에게 린치를 가한다. 집단으로 괴롭힌다. 전해 듣기만 해도 모욕감을 느끼는 폭언을 해댄다. 모두가 보는 앞에서 무릎을 꿇리고 폭력을 가한다.

밖에서는 착하기만 한 사람이 가정에선 무자비한 폭력을 휘두른다. 조용하고 소심해 보이던 사람이 느닷없이 어마어마한 범죄자로 밝혀진다. '공정'이란 가치를 훼손했으니 마음껏 '차별'해도 된다는 논리가 유행처럼 번진다.

여성 혐오에 기댄 살인사건과 성 착취 사건이 끊임없이 벌어진다. 열악한 노동환경에서 누군가가 죽어 나가는데도 누구도 책임지려 하지 않고 숨기기에만 급급하다.

겉으로 보기엔 멀쩡하고 평범해 보이던 사람들이다. 홧김이나 술김이라고, 몰랐다거나 관행이었다고 그들은 변명한다. 선처를 호소하고, 법원은 심신미약이나 술에 취해 판단능력이 떨어졌다는 이유로, 개전의 정이 보인다고, 뉘우치고 반성하는 기미가 보인다고, 감형한다. 화를 참지 못해서, 또는 술 마시고 온전한 정신이 아닌 상태에서 벌인 범죄는 선처가 가능한 것처럼.

꼬리 자르기도 횡행한다. 몇 사람만 처벌받고 다시는 이런 일이 발생하지 않도록 하겠다는 말을 되풀이하지만 비슷한 사건과 사고는 끊이지 않는다.

아무리 화가 나도, 술에 취했어도 저지른 범죄 뒤에 숨을 수 없다. 구조 탓을 하고 관행 탓을 한다 해도 마찬가지다. 그런데도 화를 탓하고, 술을 탓하고, 피해자를 탓하고, 암묵적으로 계속되어온 관행 탓을 한다.

근본적인 해결책을 찾기보다는 눈 가리고 아웅 하듯

이 끔찍한 사건이 묻히기만을 바란다. 여성을 상대로 성폭력을 저지른 남자가, 뻔뻔하게도 피해 여성의 옷차림과 태도를 트집 잡아, 피해자가 원인을 제공했다는 식으로 말한다. 가해자가 아닌 피해자에게 화살을 날린다. 내 탓이 아니라 네 탓이란 얘기다. 그렇게 내가 아닌 '남 탓'을 하며 자신이 벌인 일인데도 자기가 그럴 수밖에 없었던 이유를 찾아낸다. 그 범죄를 저지른 이가 자신임에도 불구하고…….

범죄를 저지르고 남 탓을 하는 가장 극단적인 행태가 악마를 호명하는 일이다. 내가 아니라 내 안의 악마가 그랬다는 식으로 악마를 소환한다. 악마란 존재는 인간의 악함을 가리는 보호막인지도 모르겠다. 인간의 본질을 가리는, 참 편리한 가림막이다. 『생(生)의 이면』(문이당, 1992) 속 박부길 씨는 그걸 간교한 술수라고 말한다.

"내 속에 악마가 들어 있는 것일까, 하고 질문하는 것은 무책임하다. 그것은 모든 악덕의 책무로부터 인간을 건지고 그 짐을 모조리 눈에 보이지 않는 악

마라는 추상에게 지우려는 목적으로 사람들이 고안
해 낸 간교한 술수에 지나지 않는다. 악마라면, 그
악마는 인간일 것이다. 인간보다 더 악마다운 악마
가 어디 있겠는가."*

동의했다. 인간을 위해 희생하는 존재도 인간이지만,
자신을 위해 타인의 희생을 당연하게 요구하는 존재 또한
인간이니까. 살인과 폭력, 강간 등 다종다양한 범죄를 눈
깜짝하지 않고 벌이는 것 또한 인간이다.

박부길 씨도 그랬다.

자신 안의 악마를, 그는 확인했다. 자신도 모르는 사이
터져 나온 추악하고 섬뜩한 모습이 자신이 가진 속성임을
깨달았다. 악마 탓으로 돌릴 수도 없고, 변명도 할 수 없
는 악행 앞에서 그는 아연실색했다. 박부길 씨는 소설을
쓰며 자신의 악을 응시하고 대면하는 고통스러움을 감당
하며 그가 저지른 악을 세상에 펼쳐 보인다. 그렇다고 그
의 악이 반감될 리 없다.

* 이승우, 『생(生)의 이면』 (문이당, 1992), 216쪽.

박부길 씨의 이야기를 듣다 보면 그를 이해할 수 있을 것만 같다. 그러나 이해한다 한들 그가 저지른 죄는, 그에게 피해를 당한 사람의 상처는 절대 사라지지 않는다. 그게 본질이다. 더구나 박부길 씨의 소설에는, 가해자의 서사만 존재할 뿐 피해자의 서사는 없다. 그가 아무리 뉘우친다 해도 이 또한 반드시 짚고 넘어가야 할 문제다.

2020년 텔레그램을 통한 성 착취 사건이 알려지고, 그걸 주도한 자들의 신원과 그간 살아온 삶의 일면이 공개됐을 때 사람들은 말했다. 가해자의 서사는 필요 없다고. 우리가 중요시해야 할 것은 가해자의 '서사'가 아니라 그가 벌인 '악행'이다. 가해자의 서사만이 전면에 도출되면 피해자의 서사는 묻힌다.

피해자를 전면에 내세우자는 얘기가 아니다. 가해자의 변명 섞인 본질을 흐리는 서사 대신, 어떻게 폭력이 행해졌는지, 어떤 피해를 줬는지, 그들이 악행을 저지를 수 있었던 사각지대는 무엇이었는지, 무엇보다 그들의 죄가 무엇인지가 먼저 명확히 규명돼야 한다.

가해자의 서사는 잘못을 가리는 역할을 한다. 죄가 드

러나기도 전에 변명거리를 만들어주는 격이다. 또 사회 구조의 문제만을 부각하며, 그를 구조적 희생양으로 '승격(?)'시킬 위험이 존재한다. 때로는 구조적인 문제인데도 개인적인 결함으로 축소하기도 한다.

피해자의 입은 봉쇄당한 채 가해자의 이야기만 언급될 때 사건의 본질은 흐려진다. 그러하기에 가해자의 서사는 필요 없다고, 그것만이 부각되는 걸 경계해야 한다고 사람들이 주장하는 것이다.

인간이 저지른 악행을 위한 변명거리로 악마가 한 짓이라고 말하는 건 그저 '간교한 술수'에 지나지 않는다. 남 탓을 하고 악마 탓을 한들 본질은 변하지 않는다. 술김이든 홧김이든 관행이든 충동이든 남에게 저지른 범죄의 본질은 변하지 않는다. 피해자의 상흔이 그걸 증명한다.

'설마'하며 도리질하고, 어쩔 수 없이 악행을 저지를 수밖에 없었다며 변명하고 항변하고 싶겠지만 어쩌면 인간보다 더 악마다운 악마는 없는지도 모른다. 그것이 악마를 소환하면서까지 가리고 싶은 인간이 가진 추악한 일면이라는 걸, 절대 부정할 수 없고, 부정해서도 안 되는

민낯이라는 걸, 깨닫는다. 이 또한, 무참하다.

2장_인간이니까 욕망한다.

나이 들수록 욕망과 욕심은 더 생생해진다.

오늘도 자유를 갈망한다

- 니코스 카잔차키스, 『그리스인 조르바』

묻는다.

진정으로 자유로운가. 자유롭다고 느껴본 적이 있는가. 자유의 실체를 접해본 적은 있는가. 지금 자유로운가. 앞으로 가능할 것 같은가.

이 물음에 '그렇다'라고 답을 못한다.

거의 매여 있었다. 가족, 학교, 직장, 국가에서 부여한 책임과 의무에서 벗어날 수 없었다. 허락과 불허 사이에 끼어 있었다. 직접적 강제도 있었고, 자발적 포기도 있었다. 보이지 않는 끈에 매인 것처럼 불현듯 갑갑했고 아무 일도 하지 못하는 무기력과는 달리, 뭘 하려고 하면 제재와 한계가 따르는 무력한 상황에 부닥치곤 했다. 그렇게 살아왔고, 앞으로도 그런 세월만 남은 듯해 체증(滯症)은 쉬이 가시지 않는다.

언제나 시간은 내 것이 아니었다.

등·하교와 출·퇴근, 수업과 근무, 보충학습과 야근에 치여 정작 하고 싶은 일은 뒤로 미루고 조직이 요구하는 대로, 남의 시선에 내 삶을 끼워 맞춰왔다. 그래야 편했다. 다른 사람을 불편하게 하지 않고, 조금만 포기하면 되리라 여겼다. 욕망을 억누르고 욕구를 잠재웠다.

간혹 욕망과 욕구가 자유를 갉아먹는 걸 느낀다. 월급을 받으려 직장에 매였고, 미래를 위해 허리띠를 졸랐으며, 뭔가를 가지려 현재의 자유를 보류했다. 시간과 자유 사이에 등가교환이 이뤄지지 않는데도 어쩔 수 없었다. 안정된 생활이 우선이었으니까.

자유는 동경의 대상이었다. 때로는 희망 고문으로 다가오기도 했다. 남에게, 돈을 비롯한 물질에, 조직에, 국가에 구속되지 않고 살아가는 게 여러모로 힘들다는 건 삼척동자도 안다. 삶이 다할 때까지 쳇바퀴 안에 갇혀 제자리 뜀박질을 하는 이들에게 자유란 사치고 환상에 가까운지도 모르겠다.

인간의 고유하고 당연한 권리처럼 여겨지는 자유. 구속되거나 얽매이지 않고 자기 마음대로 할 수 있는 상태. 선언하기는 쉬우나 이루기는 힘든 경지. 오용되고 남용되고 오독하고 어디에서나 쉽게 쓰이는 말이지만, 본연의 의미가 희석된 단어. 그럼에도 동경할 수밖에 없어 기갈난 듯 찾아 나서는 이상향.

자유는 내게 그런 의미다.

갈구할수록 멀어지는, 채워지지 않는 욕망이자 잡힐 듯 잡히지 않는 신기루다. 자유로워지려면 구속을 끊어야 하지만, 구속은 삶의 안정을 의미하기도 한다. 때로 자유는 부유(浮遊), 부자유는 안정을 뜻한다. 하여 자유를 동경하되 실천하지 못하는 건, 안정된 삶에 대한 욕구가 자유에 대한 갈망을 넘어서기 때문인지도 모른다.

손안에 쥔 뭔가를 놓치지 않으려 하면서 자유를 갈구하는 건 모순이다. 자유는 그냥 주어지지 않으며 자유롭기 위해선 포기해야 할 게 많다. 자유는 뭔가를 획득하는 게 아니라 버리는 과정에서 구현된다. 구속당하지 않기 위해선 버려야 한다.

개인의 자유는 사회나 조직, 국가에서 허용한 범위 내에서만 가능하다. 절대적인 자유를 누리는 건 불가능하다. 자유에는 분명 한계가 있고, 그 한계는 사회마다, 또 사람마다 다르다. 아마 그 때문이리라. 자유로운 자를 동경하고 흠모하는 까닭은…….

"분명히 해둡시다. 나한테 윽박지르면 그때는 끝장이에요. 결국 당신은 내가 인간이라는 걸 인정해야 한다 이겁니다."

"인간이라니, 무슨 뜻이지요?"

"자유라는 거지!"[*]

조르바는 인간은 자유라고 당당히 선언했다. '두목'을 처음 만난 날, 그는 고용인과 피고용인으로 나뉘었지만, 피고용인으로서 할 일을 제외한 그 이상의 일은 요구해서도 안 되고, 요구한다 한들 절대로 들어줄 수 없다고, 딱

[*] 니코스 카잔차키스, 이윤기 옮김, 『그리스 인 조르바』(열린책들, 2001), 24~25쪽.

부러지게 선을 그었다. 그 선 안에는 침범하지 못하는, 침범을 허용하지 않는 자유의 영역이 펼쳐져 있었다.

난, 그렇게 하지 않았다. 못했다. 밥벌이를 하려면 간이고 쓸개고 다 내줘야 할 듯했다. 그렇게 손안에 쥔 것을 절대 잃지 않을 거면서, 그걸 잃을까 봐 전전긍긍하면서, 말로만 자유로워지고 싶어 했다.

자유로운 인간의 대명사와도 같은, 거칠 것 없는 인생을 산 조르바를 읽으면 속이 시원할 줄 알았다. 한 편으로는 시원하기도 했으나 오히려 '자유를 누릴 준비가 되어 있는가?', '자유를 원하기는 하는가?'란 질문에 시달렸고, '평생 자유롭지 못하겠구나' 하는 탄식 섞인 자괴감이 들었다.

자신의 욕망을 스스럼없이 내보이고, 남들 시선 따위는 아랑곳하지 않고, 자신이 옳다고 믿는 건 행하고야 마는, 또 과도한 욕망에 얽매인다 싶으면 그걸 단칼에 끊어 내고야 마는, 신이나 국가, 관습과 관행에도 얽매이지 않는, 현실에 분명 존재했지만 절대 존재할 것 같지 않은 조르바를 읽을수록 과연 자유롭게 살 수 있는 건지 아득해졌다. 살아생전에는 절대 이루지 못하리라는 걸 예감하고 야 말았다.

조르바는, 자유는 동경하는 게 아니라 실행이라는 걸 삶으로 증명했다. 길을 막아서는 장애물에 저항했다. 뻔뻔하면서도 연민으로 가득 차 있고, 세상과 사람에 대한 호기심이 많으면서도 인간이란 존재를 믿지 않았다. 노인인데도 청년처럼 혈기 왕성하고, 강한 것처럼 보이나 내면에는 무수한 생채기가 가득한 여린 인간이었다. 얽매이는 걸 극도로 참지 못하고 늙으면서 더 거칠어지는 인간이었다. 종잡을 수 없는 조르바를 관통하는 키워드는 '자유'였다. 무모하고 또 바보 같은….

조르바를 읽으며 부끄러워졌지만, '어쩔 수 없는 일 아닌가?' 하는 반발심이 들었다는 걸 부정하지 못한다. '밥벌이를 위해서는 하기 싫은 일도 해야 하고, 시간을 포함한 노동력도 제공해야 하고, 조직을 위해 야근이나 주말근무도 기꺼이 감내해야 하는 것 아닌가?', '남들도 다 그리 살고 있지 않나'라는 생각이 꼬리를 물었다.

허나 이내 고개를 젓는다.

내가 남들처럼 살아야 하는 건 아니니까. 하기 싫은 일도 해야만 하는 상황 때문에 힘든데도 저렇게 말하는 건 핑계이자 변명이고 불평에 불과하다. 좋아하는 일을 할 자유도, 무언가에 얽매이지 않고 답답함을 느끼지 않을 자유도, 심지어 싫어하는 일을 하지 않을 자유도 나에게는 여전히 멀어 보인다. 그럼에도 인간은 자유로운 존재라는 걸 부정하지는 못한다. 자유롭지 못하다는 걸 인정하기가 싫다. 어쩌면 자유는 내 것인 듯 내 것 아닌 내 것 같은 무언가인지도 모르겠다.

그래도 취하련다, 자유를……. 끝내 채워지지 않는 욕망이라 할지라도. 조르바까지는 못되더라도, 적어도 하기 싫은 일을 하지 않을 자유 정도는, 스스로 허락하려 한다. 그것마저 허락되지 않는다면, 삶이 영 누추하고 초라해질 테니…….

오늘도 자유를 갈망한다.

미쳐야 산다

– 허먼 멜빌, 『백경』

처음 『백경』을 읽었을 때는 의문부호만 가득했다.

대체 왜? 그게 뭐라고 목숨까지 걸었나? 그 길 말고 다른 길은 없었나? 빤히 보이는 나락으로 망설임 없이 걸어 들어간 이유는 대체 뭔가? 복수? 증오? 아니면 죽을 장소를 찾고 있었던가? 자신은 물론 선원까지 희생해가면서? 그 생목숨들을 걸만한 가치가 있었나? 대체 그 흰 고래가 뭐라고?

'왜?'라는 질문을 아무리 해도 해답은 나오지 않았다. 굳이 그러지 않아도 되었을 텐데 에이허브는 지나치다 못해 극으로 치달았다. 고래잡이에 대한 풍속과 거친 삶을 살아가는 선원들의 이야기는 장엄했지만 시원하게 이해가 된 건 아니었다. "뭐, 이런 인간이 다 있어?", "왜 저리 괴팍해?", "이런 고집불통 같으니라고"가 솔직한 속마음이었다.

몇 년이 지난 뒤 『백경』을 다시 읽으니 에이허브가 달리 보인다. 그에게 모비딕은 삶의 의미였을 것이다. 그렇게 하지 않으면 사는 의미가 없기에 그리 집착했을 거라고 짐작한다.

인간은 자신을 좌절시키고 모멸감을 안겨준 누군가에 대한 적대심과 증오, 분노의 힘으로 살기도 하는 걸 뒤늦게 깨달았기에, 뭔가 몰두할 게 없는 삶이 얼마나 견디기 힘든지를 눈치챘기에, 모비딕에게 그토록 광기 어린 집착을 보였던 에이허브를 아주 조금은 이해할 수 있을 것만 같았다.

매일 허덕이며 살아도, 하릴없이 손 놓고 살아도, 한 세월이다. 인생을 두 번 사는 사람은 없다. 한 번뿐인 인생이다. 아쉽기는커녕 고마운 일이다. 누군가 다시 살게 해준다면, 글쎄, 예전에는 어떨지 몰라도 지금은 사양하련다. 딱히 힘들었던 삶이 아닌데도 이상하게 두 번 사는 건 마뜩잖다.

한때는 지금과 다른 삶을 한 번 더 살고 싶다고 욕망하기도 했지만, 지금은 아니다. 두 번 산다 해도 지금과과히 달라질 것 같지도 않고, 다른 삶을 산다 해도 어차피또 다른 삶을 욕망할 게 빤하니까.

대신 한 번뿐인 삶을 허투루 살고 싶진 않다. 그렇다고 아등바등하고 싶지도 않다. 어차피 책임과 의무에서벗어날 수 없으니, 자유의지로 뭔가 스스로 만족하고 즐거운 일을 적어도 하나 정도는 하고 싶다. 남들과는 다른,나만의 의미를 찾았으면 한다. 생멸(生滅)에는 자유의지가 개입하지 못하기에 어찌할 수 없다 치더라도, 생(生)과멸(滅) 사이를 내 의지로 채우고 싶다. 그렇게 뭔가에 몰두하는 삶을, 꿈꾼다.

요즘 들어 삶은 어쩌면 뭔가 몰두할 거리를 찾아 헤매는 여정이라는 생각이 든다. 그게 무엇이든 몰두의 순간만큼은 살아있음을 확실히 느끼기에 그렇다. '아, 난 살아있구나' 하는 순간의 대부분은 뭔가에 몰두하고 있었던때였다. 결과 여부에 상관없이 몰두는 삶에 의미를 더한다. 때로 삶 전체를 지배하기도 한다.

몰두는 대상이 필요하다. 몰두는 때로 집착으로 변태한다. 사랑과 증오는 모두 뭔가를 갈구하는 마음이다. 사랑은, 사랑하는 대상의 마음을 얻기를, 증오는 증오하는 대상이 파괴되기를 갈구한다. 그렇게 갈증을 채우기 위해 집착과 광기에 사로잡히는 게 인간이다. 떨쳐버리지 못해, 아니 떨쳐버리는 순간 아무것도 남지 않을 듯해 집착인 줄 알면서도, 미친 짓인 줄 알면서도 멈추지 못한다. 에이허브가 그랬다.

포경선 선장으로 승승장구하다 단 한 번 맞닥뜨렸던 모비딕에게 무력함과 좌절을 경험했던 그에게 남은 건, 그의 생을 지탱하는 건 모비딕에 대한 복수였다. 그래서 선원들에게 맹세를 강요했을 것이다.

'모비딕'을 향한 에이허브의 감정은 겉으로 보기엔 증오다. 한쪽 다리를 앗아간 그 고래에 대한 증오와 복수가 집착과 광기를 부른 형국이다. 하지만 그 이면에는 '증오'라는 말로 설명하기 힘든 무언가가 있음을 느낀다. 그건 삶에 대한 집착이자 복수를 통해서라도 자기 삶을 의미

있는 것으로 채우려 하는 욕망이며, 저항할 수 없어 운명이라 칭하는 자기 파괴다. 그게 뭐든 모비딕에 대한 감정은 에이허브에게 살고자 하는 강한 욕구를 불러일으킨다.

그런데 에이허브와 달리 모비딕은 에이허브의 존재를 모른다. 에이허브만이 평생의 적수라고 생각한다. 증오하는 대상에게, 내가 관심 밖일 때 증오는 더 커진다. 사랑하는 대상에게 내가 관심 밖일 때 증오라는 감정에 물밀듯이 침식당하는 것과 마찬가지다. 사랑이든, 증오든, 대상에게 내가 별 상관없는 존재로, 의미 없는 존재로 각인될 때 삶의 의미는 사라진다.

그가 앞뒤 분간 못하고 모비딕을 향해 돌진한 건, 그 행위 자체가 삶의 의미였기 때문이다. 증오가 삶의 원동력이 되었고 아이러니하게도 파괴 욕구가 삶을 이어가는 힘이 되었다. 비록 그게 자신뿐만 아니라 선원들까지 죽음으로 몰아넣은 광기 어린 악행이라 할지라도 그에게 보이는 건 외길이었다.

욕망은 광기와 집착을 품고 있다. 욕망이 채워지지 않을 때 광기를 띄게 되고, 욕망하는 대상에게 집착하게 된다. 그럴 때 광기와 집착은 삶을 지배한다. 그 삶은 일견 불행해 보이지만 어쩌면 에이허브는 생각보다 불행하지 않았을지도 모른다. 종말과 파멸이 빤히 보이는데도 제 하고 싶은 걸 끝까지 추구했기에 그렇다.

생(生)과 멸(滅) 사이를 자유의지로 채워 넣는 행동이나 세파에 휘둘리며 살면서도 한 줌의 자유의지로 뭔가를 욕망하며 몰두하는 행위는 어쩌면 삶의 본령(本領)인지도 모른다.

비록 증오와 파괴, 파멸로 채워지기도 하고 욕망이 광기와 집착으로 변해 삶을 파괴할지라도…….

때로는, 미쳐야 산다.

희망이라는 미끼

– 로맹 가리,『새들은 페루에 가서 죽다』

어느새 살아갈 날보다 살아온 날이 더 많은 나이가 되었다. 눈 깜짝할 새에 나이 앞 숫자가 2에서 4로 건너뛴 듯하다. 나이는 숫자에 불과하다는 생각 따위는 하지 않는다. 나이 먹는 건 분명한 사실이고, 나이를 먹어감에 따라 겉모습도 달라지고 속마음도 달라지기 때문이다.

시간의 흐름은 동일하지만, 사람마다 각기 경험하는 게 다르고 세월이 남긴 흔적 또한 다르기 때문에 어떤 나이에 특정한 경지(?)에 올라야 한다는 생각도 하지 않는다. 공자가 한 말, 15살에 학문에 뜻을 두었기에 지학(志學)이라 일컫고, 서른 살에 자립해 이립(而立)이라 부르며, 미혹되지 않게 되었다고 해서 마흔 살을 불혹(不惑)이라 칭하는 것은, 내 경우와는 다르다.

쉰 살이 된다 해도 하늘의 뜻을 알게 되는 지천명(知天命)의 경지에는 다다르지 못할 것 같고, 이순(耳順)인 예순 살에 귀가 순해지지도 않을 듯하다. 일흔 살에 종심(從心)이라고 해서 마음 내키는 대로 했는데도 법도를 넘지 않을 것 같지도 않다. 이건 모두 공자의 경험일 뿐이다. 아니면 공자가 그리는 이상적인 나이 듦일 수도 있겠다. 뭐가 됐든 현실의 나와는 다르다.

나에게 나이 먹는다는 건 고민이 많아지는 것과 다름없다. 세월이 흐르면서 '뭐가 될 것이냐'에서 '어떻게 살 것이냐'로 무게중심이 이동해 왔다. 또 나이에 부끄럽지 않은 삶을 살고 싶은 욕구도 커진다. 아직 그런 나이가 되진 않았지만, 늙은이가 부리는 욕심인 노욕(老慾)과 늙고 추하다는 뜻의 노추(老醜)는 반드시 피했으면 한다. 그런데 장담은 못 하겠다.

어느 정도 나이가 들면 손안에 든 걸 포기할 줄 알았다. 이만하면 되었다면서 욕심을 내려놓을 줄 알았다. 말하기보다 더 들을 줄 알았다. 욕구와 욕망도 가라앉을 줄 알았다. 그런데 나이 들수록 욕망과 욕심은 더 생생해진다. 불혹이 지났음에도 여전히 미혹(迷惑) 언저리에서 헤맨다. 가보지 못한 길에 대한 욕망과 아직 삶이 끝나지 않았기에 품는 기대는 여전히 내 안에 남아 있다. 언제든 좋은 날이 올 것만 같다. 별다른 변화 없이 삶이 끝날 것만 같아 조바심이 든다. 이대로 가면 노욕과 노추는 따 놓은 당상 같아 불안하다.

여기 나와 비슷한 나이의 사람이 하나 있다. 그는 혁명가였다. 스페인 내전에서, 프랑스에서는 레지스탕스로, 그리고 쿠바에서 전투를 치렀다. 그렇게 신산한 삶을 살고 난 뒤 새들이 와서 죽음을 맞이하는 페루의 해변에 정착한다.

"마흔일곱이란 알아야 할 것은 모두 알아버린 나이, 고매한 명분이든 여자든 더 이상 아무것도 기대하지 않는 나이니까. 자연은 사람을 배신하는 일이 거의 없으므로, 다만 아름다운 자연에서 위안을 구할 뿐."[*]이라고 말하는 그는 고독하다.

---

* 로맹 가리, 김남주 옮김, 『새들은 페루에 가서 죽다』(문학동네, 2005), 12쪽.

스스로 선택한 고독이다. 다른 사람은 물론 자신과의 관계도 끊어내려 한다. 지나온 삶에 어떤 사연이 있었는지는 잘 모르지만, 그는 스스로를 유폐시켰다. 인간 세상과 격리했다.

"그는 이제 아무에게도 편지를 쓰지 않았고, 누구에게서도 편지가 오지 않았으며, 친하게 지내는 사람도 없었다. 자기 자신과의 관계를 끊으려는 그 불가능한 일을 하려 할 때 사람들이 언제나 그러는 것처럼 그 역시 다른 사람들과의 관계를 끊어버렸던 것이다."[**]

여기서 나는 고개를 갸우뚱거렸다. 관계를 끊으려 하는 행위가, 사실은 뭔가를 기대하고 희망하는 것을 숨기기 위한 위장이 아닐까 하는 생각이 들었기 때문이다. '억지'가 섞여 있기에 그랬다. 사람을 갈구하는 걸 억지로 무시하는 듯 여겨졌다.

[**] 로맹 가리, 김남주 옮김, 『새들은 페루에 가서 죽다』(문학동네, 2005), 14쪽.

예감은 맞아떨어진다. 어느 날 남자에게 한 여자가 나타난다. 그녀를 구하는 데서 그치지 않고 뭔가를 기대한다. 체념을 거부하고 "희망의 미끼"를 물고 싶었고, 자신의 여생을 밝혀줄 "행복의 가능성"을 은근히 믿고 싶었다.[***]

무심(無心)을 가장했지만, 그는 언제든 자신에게 올지도 모를 희망의 가능성을 놓지 못했다. 작은 불꽃만 있으면 언제든 타오를 준비가 되어 있었다. 다시 한번 더, 마지막으로 한 번 더, 열정을 불사를 뭔가를 기다리고 있었다. 나이가 들었다고 해서 욕망이 사라진 게 아니기 때문이다. 희망할 거리가 없어진 지금이, 희망을 더 갈구하게 했는지도 모른다.

"그 누구도 극복할 수 없는 단 한 가지 유혹이 있다면 그것은 희망의 유혹일 것이다."[****]

희망의 유혹은, 나이가 든다고 사라지는 게 아니다. <u>끝까지 희망을</u> 기대하는 게 인간이다. 부질없다고, 이

*** 로맹 가리, 김남주 옮김, 『새들은 페루에 가서 죽다』(문학동네, 2005), 18쪽.

**** 로맹 가리, 김남주 옮김, 『새들은 페루에 가서 죽다』(문학동네, 2005), 19~20쪽.

젠 그만하고 싶다고 해도 희망의 유혹은 너무나 강렬하다. 나이가 들어서도 여전히 갈구하는 자신의 모습이 추하게 느껴져도 할 수 없다. 혐오스러워도 어쩔 수 없다. 그래서 체념을 가장하며 살아온 그는 희망의 미끼를 물고 만다. 희망인 듯 보였지만 절망으로 곧장 향하게 하는 미끼라 해도 덥석 물 수밖에 없었을 게다. 그 미끼를 물고 다시 추락한다.

삶이 끝나는 와중에도, 삶을 체념하고 포기하는 가운데에서도, 빌미만 주어지면 희망이 아닌가 하며 마음이 흔들리는 게 인간이다. 미혹은 쉽게 끊어지지 않는다. 나이가 들어도, 아니 나이가 들수록 유혹은 거세진다. 마찬가지로 유혹에 시달리는 스스로에 대한 혐오와 모멸감도 심해진다. 참담하고 무참하지만 그게 죽기 전까지 희망을 기대하고, 무언가를 욕망하는, 인간이 받는 천형(天刑)인지도 모르겠다.

다른 삶에 끌리다

– 파스칼 메르시어, 『리스본행 야간열차』

매번 다짐하지만 고쳐지지 않는 게 여럿 있다. 그중 하나가 포털사이트에서 제공하는 '오늘의 운세'를 보는 일이다. 심심하거나 하루가 팍팍하게 느껴질 때, 나름 중요한 일을 앞두고 있거나 뭔가를 결정해야 할 때 보기도 하지만 대개는 그냥 습관이다. 띠와 별자리는 물론이고 생년월일과 태어난 시(時) 등의 정보를 입력해놓고 틈만 나면 본다. 오늘의 운세는 친절하고 세세하다. 오늘과 내일, 주(週)와 월(月) 운세까지 알려주고, 총운과 직장운, 애정운, 재물운, 학업·시험운까지 점친다.

시간표처럼 꽉 짜여 있지 않고, 이미 정해진 대로 진행되지도 않는 게 인생이라고 생각해왔다. 귀신이 미래를 점친다고 하고, 태어날 때부터 정해진 사주팔자가 있다고 하지만, 잘 믿지 못하겠다. 삶이 누군가에게 도둑맞은 듯하고, 이미 정해진 인생이라면 발버둥 치는 게 무의미한 느낌이 들기 때문이다.

그럼에도 오늘의 운세를 보곤 한다. 사실 운세는 잘 맞지 않고, 포털사이트마다, 띠와 별자리, 생년월일마다 풀이가 다르다. 어떤 알고리즘으로 운세를 점치는지 모르지만, 터치 몇 번으로 운세가 떡 하니 도출되는 게 신기하다기보다는 뭔가 허접하다. 한마디로 말해 오늘의 운세에 기댈 게 별로 없다. 그런데도 난 왜 오늘의 운세를 끊지 못할까?

변화를 기대하기 때문이다. 오늘과 다른 내일이길 바라기 때문이다. 별 다를 바 없는 하루하루가 조금은 달라졌으면 하기에, 행동은 하지 않고 운세만 본다. 그러면서 조금 다른 삶이 펼쳐졌으면 하는 바람을 품는다. 어리석은 일이다. 운세를 믿지 않는다면서, 정해진 삶이 과연 의미가 있는지 의심하면서, 감나무 밑에 누워 감 떨어지기만 바라는 격이다.

해가 바뀔 때마다 삶이 바뀌길 원해왔다. 어느 날 갑자기 이전과는 다른 삶이 펼쳐졌으면 했다. 지겹고 지루한 반복에서 벗어나고 싶었다. 별일 없이 사는 일상이 때로는 엄청난 숨 막힘으로 다가왔다. 그제도 어제도 오늘도, 내일도 모레도 글피도 그냥저냥 살아갈 것만 같아 답답하다.

인생을 변화시킬 기회는 여간해선 찾아오지 않는다. 기회는 도처에 널려 있는데 그게 기회인지도 모르고, 잡을 생각도 하지 않아서인지도 모른다. 아니 솔직히 말하면 잴 것 많고 따질 것 많은 인생이어서, 뭔가를 포기하기 어려워 바꾸지 못하는지도……. 기회가 와도, 변화를 받아들일 요량이 없으면 아무 소용이 없다. 그러기에 오늘의 운세만 보면서, 다른 삶에 대한 공허한 꿈만 꿀 뿐이다.

"오늘 오전부터 제 인생을 조금 다르게 살고 싶다는 생각이 들었습니다. …새로운 삶이 어떤 모습일지 저도 모릅니다만, 미룰 생각은 조금도 없습니다.

저에게 주어진 시간은 흘러가 버릴 것이고, 그러면 새로운 삶에서 남는 건 별로 없을 테니까요."[*]

『리스본행 야간열차』(들녘, 2014)의 라이문트 그레고리우스는 떠난다. 누가 보기에도 갑작스런 결행이었다. 고전문학 교사로 오랫동안 성실하게 일하고, 라틴어와 그리스어, 헤브라이어를 실수 하나 없이 가르쳐왔던 그레고리우스가 어느 날 학교 가는 길에 한 여자를 만나면서 삶이 달라진다.

누가 봐도 정해진 길 따라 순탄하게 가는 인생이었다. 별 어려움 없이 살아왔고, 자기 앞에 놓인 길만 따라가면 될 것 같았다. 변화? 꿈꾸지 않았다. 삶이 지루하지도 않았다. 비 오는 날, 다리에서 한 여자를 만나기 전까지 자신의 삶이 변할 것이라고는 생각지도 않았다. 과연 그레고리우스의 내면에는 무엇이 숨어 있었을까? 그 자신도 모르는 무엇이 그의 삶을 송두리째 바꿔놓았을까?

주어진 길을 벗어난 그레고리우스는 생전 한 번도 하

---

[*] 파스칼 메르시어, 전은경 옮김, 『리스본행 야간열차』(들녘, 2014), 33쪽.

91

지 않았던 일을 한다. 책방에서 우연히 발견한 책의 저자를 찾아 리스본으로 떠난다. 목적지가 분명해 보였지만 사실은 '길 잃기'이다. 그동안 잘 걸어왔던 경로를 벗어난 일탈이다. 돌아올 기약 없이 떠난 길이기에 그렇다. 딱히 목적 없이 호기심만으로 그는 떠난다. 기다리는 사람도 없고, 어떠한 약속도 없었다. 그렇게 낯설고 물선 이국으로 걸음을 내딛고, 낯선 이들과 만난다.

우연히 만난 한 여자, 우연히 집어 든 책 한 권이 그를 다른 방향으로 이끈다. 우연에 우연이 겹치면서 삶은 우연의 연속으로 빠져든다.

경로를 벗어난 삶은 스스로를 낯설게 만든다. 자신이 누구였는지 잃어버린다. 그레고리우스도 그걸 느낀다. 하지만 한편으로 그는 지금까지 살아온 삶을 잃기를 원한 건 아니었는지, 뭔가가 등 떠밀 듯 인생의 경로 밖으로 밀어낸 것은 아닌지 자문한다.

"지금 내가 나를 잃으려나 보다. …하지만 내가 나

를 잃기 원한다면?"**

스스로의 삶이 확고해 보이던 때가 있었다. 내가 누구인지, 내가 갈 곳이 어디인지 명확해 보이던 때가 존재했다. 인과관계가 정확해야 직성이 풀렸다. 질문에는 반드시 정답이 있어야 했다. 엄격한 논리와 과학, 증명과 명제, 통계와 수치 등으로 세상을 설명할 수 있다고 믿던 때가 있었다.

살아보니, 아는 것보다 모르는 게 더 많고, 설명 불가능한 상황이 부지기수이며, 생각하지도 못했던 일이 빈번하게 발생하곤 했다. 명확하게만 보였던 인과관계는 희뿌옇고 확실해 보이던 세상사가 실상은 우련했다. 운명보다는 우연으로 대부분의 삶이 흘러가고, 종종 내가 누구인지 또 어떤 사람이었는지조차 불확실하며, 전혀 예상하지 못했던 상황에 휩싸이기도 했다. 길을 잃어버리듯 자기 자신을 잃을 때도 있었다.

정해진 길은 없다고들 한다. 동의한다. 그런데도 나는

** 파스칼 메르시어, 전은경 옮김, 『리스본행 야간열차』(들녘, 2014), 345쪽.

정해진 길이 있는 듯 살아간다. 우연히 태어나 우연히 선택한 행로를 따라 인생을 살아가면서도, 마치 그 길이 운명인 것 마냥 행로를 바꾸지 않는다. 목적지가 분명한 것처럼 올곧게 직진만 하고 있다. 길을 잃는 상황에 본능적으로 두려움을 느끼기 때문이다. 아무도 없는 곳에서, 아무도 오지 않는 곳에서, 나 홀로 떠돌아다닐까 봐, 지금 가고 있는 길마저 잃어버릴까 봐 무섭다. 변화를 원하면서도 그에 저항한다. 머리와 몸이 따로 노는 형국이다.

길을 잃어버리는 건 매혹이다. 지금과 전혀 다른 곳에서, 평생 만나지 못할 사람을 만나고, 전혀 해보지 못했던 일을 한다는 건 강렬한 유혹이다. 그럼에도 길 잃기를 주저한다. 지금 가진 것도 지키지 못하고 낭떠러지로 추락할지 모른다는 근심이 이탈을 망설이게 한다. 매혹과 주저 사이에 끼어 있다.

아직까지는 길을 잃어보지 않았다. 가끔 방황 비슷한 것은 했지만 인생을 송두리째 바꿀 만큼의 길 잃기는 시도해 본 적이 없다. 하지만 그레고리우스가 그랬던 것처럼, 언제든 느닷없이 인생의 행로가 바뀔지도 모를 일이다. 과연 그때가 오면, 난 어떻게 할까? 매혹과 주저 사이에서 무엇을 선택하게 될까? 기회가 오긴 올까? 확실치 않지만 내게 주어진 시간이 얼마 남지 않았다는 건 분명하다.

길 잃기. 낯선 곳에서 헤매기.

더도 말고 딱 한 번만 해봤으면…….

그렇게 욕망한다, 인간이니까.

삶의 숨구멍, 여지

– 김금희, 『경애의 마음』

서울이라는 도시는, 노는 땅을 허용하지 않는다.

이유 없이 덩그러니 남아 있는 땅도 없거니와, 그런 땅을 그냥 두는 사람도 없다. 파리로 여행 갔을 때 가이드가 했던 말이 떠오른다. 외곽의 숙소에서 파리로 들어가던 길에 관목으로 가득 찬 '노는 땅'이 있었다. 그 땅을 가리키며 가이드는, 한국 사람들은 저 땅을 보면 개발하거나 팔면 좋을 거라는 말을 자주 한다고 했다. 남은 땅을 그냥 두고 보지 못하는 것이다. 뭐든 채워 넣어야 하고, 효용이 있는 건물을 세워야 한다는 강박이다.

남은 땅, 즉 여지(餘地)는 "어떤 일을 하거나 어떤 일이 일어날 가능성이나 희망"이란 뜻도 지니고 있다. 여지가 있다는 건, 일말의 가능성이나 희망이 있다는 얘기와 통한다. 여지는 또한 비집고 들어갈 틈이나 아킬레스건과 같은 약점으로도 읽힌다.

그래서일까? 완전무결한 사람도, 빈틈없이 꽉 들어찬 삶도 존재하지 않을 텐데, 사람들은 마치 여지가 없다는 듯, 여지가 있으면 안 된다는 듯 살아간다. 빈틈을 보이는 순간 정복당할 것을 두려워하는 사람처럼, 겹겹이 울타리를 친 채, 마음을 숨기고 본 얼굴을 가린 채 산다. 온몸의 가시가 느껴진다.

'여지' 없는 듯 살아가는 건 살기 위한 방편이기도 하다. 진심을 내보였으나 사람에게 상처를 입은 사람에게 여지란 가려야 할 빈틈이자 약점에 불과하다. 한때 전부였던 사람과의 원치 않는 이별을 겪은 사람은 마음을 꽁꽁 싸맨다. 욕망에 휘둘리고 무언가에 온 정신이 팔린 사람에게도 여지는 없다. 남은 마음이 없다. 이유가 뭐든 여지가 없는 삶은, 숨이 막힌다.

"여지는 삶에 있어 숨구멍 같은 것이었다. 상수는

그런 것이 없는 삶은 슬퍼서 견딜 수가 없었다."*

　『경애의 마음』(창비, 2018)의 공상수는, 여지없는 삶은 슬퍼서 견딜 수가 없다고 말한다. 동감했다. 상상할 여지도 없고 비집고 들어갈 틈도 없는 삶은, 아무런 일도 일어나지 않는, 정체되고 죽은 것과 다를 바 없다고 생각했기 때문이다. 여지없는 삶을 사는 사람은 살아도 살아 있는 게 아닐 게다. '봉인'된 삶일 뿐이다.

　삶에는 여지가 필요하다. 꽉 짜인 틀에, 운명이라는 이름에 삶이 종속되어 있다면 삶의 의미는 없어진다. 살아가는 이유가 이미 정해져 있고, 또 닥쳐올 운명이 정해져 있다면, 인간의 삶이란 기계 속 톱니바퀴와도 같을 테니까. 정해진 순서에 따라, 정해진 시간에, 정해진 길만 따라가면 되는 삶과 다를 바 없다. 뭔가 달라질 여지, 뭔가 나아질 여지가 없다는 건 절망이란 말로도 표현할 수 없는 아득한 상태다.

　인간과의 관계 맺음에도 여지가 필요하다. 좀 더 다가

---

　*　김금희, 『경애의 마음』(창비, 2018), 9쪽.

설 수 있는 여지, 머물 수 있는 여지, 그 사람의 아픔과 고통, 슬픔을 상상할 수 있는 여지가 있을 때, 누군가와 관계가 맺어진다. 상수가 경애에게 발견하고 싶었던 것도 그런 여지였을 것이다.

상수와 경애. 두 사람은 누군가를 떠나보낸 경험이 있다. 경애에게는 사랑하던 사람이었고, 상수에게는 유일한 친구였다. 그를 떠나보낸 후 상수와 경애의 삶은 달라졌다. 경애는 과거의 기억과 함께 삶을 '봉인'했다. 봉인해야만 살 수 있었다. 봉인해야만 떠난 이를 기억할 수 있었고, 기억을 붙들고 있어야만 살 수 있었다. 봉인된 삶에 여지는 없었다.

상수 역시 별반 다르지 않았다. 삶에서 여지가 희미해졌다. 마음이 닫혔고, 삶이 죄스러웠다. 여러 복합적인 이유로 그들은 마치 절망밖에 남지 않은, 아니 절망이란 말이 너무 거창할 만큼, 겉으로 보기엔 무료한, 그러나 속으로는 과거의 기억을 붙들고 격랑 같이 몰아치는 감정의 파고에 시달리는 삶을 살고 있었다.

과거의 기억 안으로 침잠해야만 살 수 있는 삶에 경애

와 상수는 내던져졌다. 탈출할 의지도, 기회도, 그들에겐 없었다. 오로지 마음을 봉인하는 것만이 유일한 방법처럼 여겨졌다.

그런 경애에게 상수는 여지를 내보인다. 경애의 삶에서 여지를 발견한다. 희미한 여지를 통해 경애의 아픔을 상상하고 고통을 공유한다. 상수는 경애가 궁금해진다. 경애 역시 마찬가지다. 특별할 것 없는 삶에 상수가 끼어든다. 그의 말을 곱씹고 궁금해한다. 서서히 봉인이 풀려간다. 바늘 하나 찌를 곳 없던 마음이 조금씩 열린다.

서로의 삶을 상상하고 궁금해하게 된 것은, 서로를 마음에 들이고 불현듯 손을 잡은 것은, 상수가 스스로를 방기(放棄)하지 않으며 경애를 기다리는 것은 여지 때문이었을 게다.

여지가 없는 삶은, 변화의 가능성이 없는 삶은, 자신을 방기(放棄)한다. 내버려 두고 아예 돌보지 않게 된다. 희망까지는 아니어도 뭔가가 일어날 가능성, 달라질 가능성이라도 있으면 기다림은 가능해진다.

자신을 방기하지 않고, 초라하게 두지 않고 누군가를

기다리는 것은, 남겨진 마음, 여지 덕분이다. 그런 여지가 있기에, 상수는 경애에게 "서로가 서로를 채 인식하지 못했지만 돌아보니 어디엔가 분명히 있었던 어떤 마음에 관한 이야기"**를 할 수 있었을 테다.

내 안의 여지를 살펴본다.

희망이란 거창한 이름까지는 아니어도, 어디엔가 남겨진 마음이 있는 걸 확인한다. 채워도 되고 채우지 않아도 그만이다. 그 여지가 삶의 숨구멍이 되고 있다는 것에 안도할 뿐이다. 남겨진 마음이 있는 한, 삶은 아직 끝나지 않은 걸 테니까……

** 김금희, 『경애의 마음』(창비, 2018), 352쪽.

경계 밖으로

– 가네시로 가즈키, 『GO』

주먹을 뻗는다. 그 상태에서 한 바퀴를 돈다. 작은 원이 하나 그어진다. 아버지는 말한다. "지금 네 주먹이 그린 원의 크기가 대충 너란 인간의 크기"라고. 그 원 안에서 손에 닿는 것만 취하면 아무 상처 없이 안전하게 살 수 있을 거라고. 만약 원 밖의 것을 취하려 한다면 네 것을 빼앗길 각오를 하라고. 그게 권투라고. 얻어맞아도 아프고, 상대방을 때려도 아프고, 무엇보다 주먹을 주고받는 것 자체가 무서운 일이라고. 그래도 배우겠냐고.

『GO』(북폴리오, 2006)의 주인공 스기하라는 배우겠다고 한다. 원 안에서만 사는 삶을 늙은이 같다고 말하면

<hr />

* 가네시로 가즈키, 김난주 옮김, 『GO』(북폴리오, 2006), 65쪽.

서. 그렇게 배운 권투로, 도전자와 맞선다. 조선인학교에서 일본인 고등학교로 진학한 이후 그는 싸움을 걸어오는 도전자를 때려눕힌다. 원 밖으로 나온 이상 어쩔 수 없이 받아들여야 하는 도전이긴 하나, 재일조선인 3세에게 싸움을 걸어오는 사람과 상황은 끝이 없어 보인다. 주먹질로만 해결할 수 없는 편견의 벽이 높고도 넓게 그의 주위를 가로막고 있으니까. 원 밖으로 나선 순간, 아니 원 안에서도 볼 수 있는, 온몸을 옥죄어 오는 그런 벽이 원 안에만 있을 것을 종용하고 있으니까.

어쩌면 아버지는 예감했는지도 모른다. 살아오면서 겪어야 했던 재일조선인으로서 사는 삶, 일본 사회에 존재하나 마치 존재하지 않는 것처럼 투표도 하지 못하고 외국에도 마음대로 나가지 못하고 마땅한 직업도 갖지 못하고 출세는 꿈조차 꿀 수 없는, 일본에서 태어나 자랐지만 정작 일본인들에게는 껄끄러운 존재 그 이상도 이하도 아닌, 한계가 너무나도 분명한 소수자의 삶이 아들에게도 대물림되는 상황을 알고 있었을 거다. 그러니 느닷없이 아들을 바다로 데려가 넓은 삶을 살라고 말하고, 권투

하나 배우는 데 저렇게 철학적인 문답을 주고받았을 것이다.

싸움을 좋아하지 않는다. 싸울 줄도 모른다. 싸우면 얻어터지기 일쑤였다. 누군가에게 시비를 걸지도 않았고, 누군가 시비를 걸어와도 무시했다. 싸워야 할 때 제대로 반응하지 못한 적이 많았다. 겁이 많은 것에 비례해 비겁했다. 속으론 이를 갈았다. 다른 이에게 짜증을 냈다. 정작 싸워야 할 대상은 따로 있는데 애먼 곳에 화를 풀었다. 정면 대결을 피했을 뿐, 난 비겁하게 싸우고 있었다.

스기하라는 정면으로 붙는다. 감정을 숨기지 않는다. 에둘러 가지도 않는다. 직진만이 있을 뿐이다. 지하철에서 벌였던 '슈퍼 그레이트 치킨 레이스'처럼 질주했다. 그게 그가 사는 방식이다. 인생을 대하는 자세였다. 원 밖의 것을 두려워하지 않고, 원 안에만 숨지 않았다. 도전을 피하지 않고 강하게 부딪혔다. 상처를 입을지언정 무릎은 꿇지 않았다. 주먹을 내뻗었다. 세상에 대들었다.

그에게는 삶도, 사랑도, 권투와 같다. 또래의 일본인들이 쉽게 누리는 취직이나 결혼, 해외여행, 심지어 연애조차 그는 싸우며 얻어야 한다. 그의 삶은 대듦, 즉 대거리의 연속이다. 끊임없이 치고 들어오는 상대방에게 대들어야 자신의 원을 유지할 수 있고, 원 밖으로 조금씩 나갈 수 있는 삶이다. '네가 뭐라 해도 난 이리 살아'라고 당당하게 응대하며 말이다.

주류와 비주류, 인사이더와 아웃사이더, 다수와 소수. 내 편과 네 편. 우리는 쉽사리 사람을 분류하고 분리하고 배제하고 편을 가른다. 분리와 배제는 필연적으로 확장과 고립을 동반한다. 확장의 속성을 가지고 있는 다수 앞에서 소수는 고립된다. 고립만 되면 다행이다. 다수는 끊임없이 확장해야 하므로 소수를 핍박하고 억압하며, 다수로의 유입을 강제한다. 소수자 스스로의 삶을 부정하도록 만든다. 식민지처럼 만든다.

문학평론가 고(故) 황현산은 "식민주의의 권력자들은 삶을 통제하기 전에 먼저 삶을 수치스러운 것으로 만든다."[**]고 썼다. 소수는 다수에 의해 자기 존재를 끊임없이 부정당하고, 스스로의 삶을 수치스러워한다. 그 이후에 오는 건,

---

[**] 황현산, 『사소한 부탁』(난다, 2018), 50쪽.

지배다.

스기하라는, 재일조선인이라는 태생이 나머지 인생을 좌우하는 상황에 처해 있다. 마음에 품은 사람이 태생 때문에 자기를 멀리하는 것에 충격을 받는다. 하지만 멈추지 않는다. 수치스러워하지도 않는다. 대신 그는 토지니 인습이니 직함이니 전통이니 문화니 하는 것들에 얽매이지 않고 아무리 분류하고 분리하고 배제한다 한들 나랑은 상관없다고 일갈했다. '너희들이 뭐라 하든, 난 갈 거야'라고 대거리를 했다. 대놓고 대들었다. 다수와 소수, 확장과 고립을 초월했다.

주먹 안의 영역을 자기 세상으로 인식했기에 가능한 일이다. 스기하라는 자신이 지켜야 할 게 무엇인지, 지키고 싶은 게 무엇인지, 할 수 있는 것과 할 수 없는 것이 무엇인지, 즉 한계가 어디인지를 세상과의 대거리를 통해 가늠했다. 한계를 알기에 해방을 얘기하고, 더 나아갈 수 있게 되었다. 뭔가에 속하거나 귀속되지 않는, 개인을 발견했다.

자신을 과소평가하는 것만큼 과대평가하는 것 또한

문제다. 과소평가도, 과대평가도 스스로를 위축시킨다. 과소평가는 떨어진 자존감 때문에, 과대평가는 쓸데없이 치솟아 있는 자신감 때문에 결국 비슷한 결과를 낳는다. "난 안 돼"와 "난 뭐든 할 수 있어"는 모두 위험하다. 미리 좌절하고, 스스로를 통찰하지 못해 뭐가 문제인지도 모른 채 어리둥절한 상태로 실패하고 좌절한다.

그러하기에 자신의 한계를 인식하고 인정하는 게 필요하다. 한계 안에서 자신을 지키는 것도, 한계 밖으로 나가는 것도, 한계를 인식하는 게 선행되어야 한다. 한계를 알아야 머물지, 더 나아갈지가 분명해진다. 한계를 깨닫는 과정이 세상과의 대거리다. 싸우고 대들어봐야 자기가 가진 역량이 얼마인지, 한계가 어느 정도인지를 알게 된다.

내 한계를 살펴본다.

나란 인간의 크기를 가늠해본다. 주먹을 뻗는다. 그리고 한 바퀴 돈다. 겨우 이 정도였다, 나란 인간의 크기는……. 이 정도밖에 안 되는 데도 스스로를 과대평가해왔다. 주류에 편입되고, 조직에 속하고, 아웃사이더보다

인사이더로 자처하는 걸, 당연하게 여겼다. 그리고 그게 나란 인간의 크기라며 착각하고 있었다. 그러니 내 것은 뺏기지 않으면서 더 많은 걸 취하려고 했을 테다. 책임지지도 못할 거면서 더 많은 걸 누리려 했을 거다. 마치 내가 누려야 할 당연한 권리인 것처럼.

스기하라 덕분에 깨닫는다, 내 한계를…….

아둔하게도 이제야 깨닫는다. 이제 남은 건 '머물 것인가, 나아갈 것인가'이다. 뭐가 됐든, 주먹 뻗어 한 바퀴가 내 세상이란 걸, 그게 경계 밖으로 나갈 수 있는 시작점이란 걸 알았으니 그걸로 우선은 됐다 싶다.

네가 아는 나는 내가 아냐

– 길리언 플린, 『나를 찾아줘』

　사랑에 빠진 나는, 사랑하는 상대를 마주한 나는, 어쩌면 진정한 내가 아닐지도 모른다. 영화 『이보다 더 좋을 순 없다』(1997)에 나오는 대사처럼, 사랑은 스스로를 더 좋은 사람으로 만드는 묘한 힘이 있다. 그 말처럼 사랑에 빠진 나는 조금 더 사려 깊어지고 섬세하고 더 매력적으로 변한다. '내게 이런 면이 있었나?' 하며 놀랄 만큼, 사랑은 사람을 변화시킨다. 아마 상대방도 마찬가지일 것이다.

　변화가 시각을 교란시킨다. '사랑에 빠지면 눈에 콩깍지가 씌인다'는 말은, 괜히 나온 게 아니다. 사랑에 빠져 어떤 사람인지 제대로 판단하지 못해서이기도 하지만, 사랑에 빠진 이가 잠시 달라져서이기도 하다. 사랑은, 더 나은 사람이 되고 싶다는 바람과 사랑하는 대상에게 조금 더 좋은 사람으로 인식되길 원한다는, 잘 보이고 싶다는 욕망을 품고 있다.

욕망은 반대로도 작용한다. 사랑하는 사람의 마음에 들도록 자신을 위장(僞裝)하는 방향으로, 실제의 나와는 다른 나를 가장(假裝)한다. 상대방의 마음에 들지 않는 나는 감추고, 사랑하는 사람이 좋아하는 나를 부각한다. 취향을 바꾸고 습관을 고치면서, 그렇게 사랑하는 이가 원하는 모습에 딱 맞아떨어지는, 맞춤형 인간이 되어간다. 그러다 보면 실제의 나와 괴리가 생기고, 그 괴리가 벌어질수록 자아는 상실된다. 점점 내가 아니게 된다.

밀물처럼 밀려들던 사랑이란 감정이 썰물처럼 빠지게 되면 시쳇말로 밑천이 드러난다. 위장은 한계가 있다. 원래의 나로 회귀한다. 내 본 모습을 사랑하는 이에게 보여주기 시작한다. 의도적으로, 또는 긴장이 풀려서 서서히 본모습을 보인다. 사랑이 식어 본모습이 드러난 건지, 본모습이 나타났기에 사랑이 식은 걸 알게 된 건지, 둘 중 무엇이 먼저인지는 확실치 않지만, 위장의 유통기한은 그리 길지 않다. 사랑의 유통기한과 같다.

사람은 쉽게 변하지 않는다. 변하길 원해도 그렇다. 사랑이 사람을 변화시키기도 하지만, 그렇게 변화된 상태로 오랫동안 서로를 사랑하면 사는 사람들도 있지만, 절대 변하지 않는 사람도 있다. 사랑 때문에 자신을 잠시 위장하는 사람들도 생각보다 꽤 많이 존재한다. 그들은 사랑의 유통기한이 끝나면 있는 그대로의 나를 인정해 달라고 요구한다. 내가 아닌 내가 되게 한, 사랑했던 이를 원망하기도 한다.

그렇게 본모습이 드러나기 시작할 때, 나도 놀라고 상대방도 놀란다. 내가 놀라는 이유는 더 위장할 수 없는, 가장하고 싶은 마음이 없는, 즉 자기 안에서 사랑이 이미 죽었다는 걸 깨달았기 때문일지도 모른다. 상대방이 놀라는 이유는, 자신이 알던 사람이 아니라는 황망함 때문일 것이다. 그리고 그 놀람은 연쇄반응을 일으킨다. '원래 이런 인간이었냐'는 실망이 먼저 찾아온다. 그 뒤를 따라 '설마, 아닐 거야'란 현실 부정을 거쳐 '고작 이런 사람을 사랑했는가'란 자괴감이 뒤섞인다. 남은 건 원망, 그리고 복수 또는 체념이다.

"닉을 만나기 전에 나는 한 번도 내가 사람이라고 느껴본 적이 없었다. 나는 늘 하나의 제품이었으니까. 어메이징 에이미는 똑똑하고, 창의적이고, 친절하고, 사려 깊고, 재치 있고, 행복해야 했다."*

닉과 에이미는 부부다. 서로 사랑해서 결혼했다. 닉을 만나고 사랑에 빠진 에이미는, 맞춤형 인간으로 살아온 과거가 있다. 부모가 지은 소설 속 '어메이징 에이미'에서 그는 자유롭지 못했다. 그 틀에 맞춰 살아야 했다. 그러면서도 '쿨'한 척을 해야 했다. 소설 속 에이미를 신경 쓰면서도, 그에 부합하는 인간이 되고자 자신을 감추면서도, 절대 자유롭지 못하면서도, 자신은 그와 같지 않다고, 그건 그냥 부모가 지은 소설 속 인물일 뿐이라고, 남들을 속였다.

---

* 길리언 플린, 강선재 옮김, 『나를 찾아줘』 (푸른숲, 2014), 345쪽.

평생 남이 지워놓은 틀 안에서 살아온 에이미는, 자신을 사람으로 느끼게 해준 닉에게 사랑을 갈구하게 된다. 그런데 그 방식이 그동안의 처세와 닮았다. 그는 닉의 사랑을 얻기 위해, 또다시 맞춤형 인간이 된다. 사려 깊고 매력적이며 때론 엉뚱하고 사랑스러운 캐릭터를 연기한다. 아니 어쩌면 그때만큼은 연기가 아니었는지도 모른다. 닉을 사랑하는 자신을 위해, 자신을 사랑하는 닉을 위해, 변하고 싶었는지도 모른다. 내가, 내가 아니었으면 하는, 내가 다른 사람이었으면 하는 욕구가 발동했을 수도 있다. 어쨌든 닉과 에이미는 서로 사랑했고, 결혼한다. 누가 봐도 행복한 부부로 살아간다.

그들에게 균열이 발생한 건, 다섯 번째 결혼기념일을 며칠 앞둔 어느 날, 에이미가 갑자기 사라지면서부터다. 그때부터 이들의 숨겨진 과거가 드러난다. 내가 나이기를 바라는 욕망이, '내가, 내가 아니었으면 하는 욕구'를 잠식하고 있었다. 사랑은 이미 끝났고, 위장의 시간 역시 얼마 남지 않은 상태였다. 아슬아슬한 줄타기만 하고 있었다는 걸 닉의 질문에서 확인할 수 있다.

에이미, 무슨 생각 하고 있어? 내가 우리의 결혼 생활 중에 제일 자주 했던 질문이다. 비록 대답해줄 수 있는 사람에게 소리 내어 물어보지는 못했지만, 나는 다음의 질문이 세상의 모든 결혼 위에 먹구름처럼 떠 있다고 생각한다. 당신, 무슨 생각 하고 있어? 뭘 느끼고 있어? 당신은 누구지? 우리가 서로에게 무슨 짓을 한 걸까? 앞으로 무슨 짓을 하게 될까?"

"사랑받으려면 위장하라. 사랑하려면 가장하라."

어쩌면 에이미는 이를 실현하고 있었는지도 모른다. 그는 '내가 나이고자 하는 욕망'과, '내가 아니었으면 하는 욕구'의 충돌을 위장과 가장으로 어설프게 잠재우고 있었고 닉은 그런 에이미에게 묻고 싶었다. 에이미의 위장을 조금씩 눈치채고 있었던 걸지도 모른다.

우리는 흔히들 있는 그대로의 나를 사랑해줄 사람을

***
** 길리언 플린, 강선재 옮김, 『나를 찾아줘』 (푸른숲, 2014), 9~10쪽.

원한다고 말한다. 하지만 그런 사람을 찾는 건 쉽지 않다. 있는 그대로의 내가 사랑에 빠지면 변하기 때문이다. 사랑받기 위해, 사랑하기 위해, 더 좋은 사람으로 변하려 한다. 나조차 착각한다. 사랑에 빠지기 전의 내가 나인지, 사랑하고 있는 내가 나인지 헷갈린다.

이런 분열을 느끼는 순간은 이미 사랑이 끝났을 때다. 그때 원망의 감정이 생겨난다. "내가 너를 위해 얼마나 희생했는데", "내가 너 때문에 얼마나 착하게 굴었는데", "네 마음에 들기 위해 얼마나 노력했는데" 등등의 억울한 감정이 찾아온다. 나를 변화시키게 했던, 나이기를 스스로 거부하게 했던 상대방을 원망하고 복수를 꿈꾼다. 꽃길 같았던 사랑의 끝이, 진창으로 돌변하는 이유 중 하나가 이것이다.

위장과 가장의 결과가 좋지 못하자 에이미는 돌변했다. 아니, 원래의 모습으로 돌아왔다. 그 본모습을 닉은 보고야 만다. 아무도 모르는 에이미의 진정한 모습을……. 그럼에도 에이미는 속이려 애를 쓴다. 누가 봐도 행복한 부부로, 자신과 닉의 관계를 설정하고 세상에 내

보인다. 여전히 그는 '어메이징 에이미'에서 벗어나지 못하고 있었다. 자신을 바라보는 남의 시선에, 자신을 꿰어 맞추는 맞춤형 인간으로 살아가려 한다. 세상 모든 사람에게 사랑받기 위해, 그는 자신을 속인다. 남은 건 자아상실, 두 욕망의 충돌, 그리고 적(敵)과의 동거.

세상에 자신을 내보이는 사람들—누구에게나 관심을 받고 좋은 이미지를 남겨줘야 하는 삶을 사는 이들—은 위장과 가장의 달인이 되려 하는지도 모른다. 어떤 게 나인지조차 헷갈리는 상태에 이르러 에이미처럼 살아갈 수밖에 없는지도 모른다. 남이 바라보는 나로 살아가야 사랑받을 수 있다는 잘못된 확신이 나이기를 바라는 욕망을 짓누르고 있는 것이다.

『나를 찾아줘』의 원제는 『Gone Girl』이다. 원제보다 번역 제목이 더 어울린다. 에이미는 자신을 찾지 못했다. 위장과 가장으로 세상을 속여 온 에이미에게 남은 건, 결국 타인의 시선 안에 스스로를 가둔, 수인(囚人)의 삶이다.

대중의 시선 속에서 인기와 관심, 사랑을 얻고 지속하

기 위해 수인의 삶을 살아갈 수밖에 없는 에이미 같은 이들이 있다. 아무리 화려하고 행복해 보여도, 또 스스로 원한 길일지라도, 난 그들이 짠하다. 사랑받기 위해 위장하고 가장해야 하는, 벼랑 끝에 매달린 듯한 서늘한 욕망이, 서글프다.

3장_인간이기에 안쓰럽다.

세상에 실패를 바라는 사람은 없다.

열심히 사는 게 정답일까

– 최은영, 「아치디에서」

　'열심히'란 말, 흔하게 쓰고, 듣곤 한다.

　사는 것도 열심히, 노는 것도 열심히, 공부도 열심히, 일도 열심히, 뭐든 다 열심히…… 나 자신에게, 또 아이들에게도 이렇게 말하곤 한다. 누군가에게 들어왔던 말이고 그만큼 뭐든 열심히 해야 하는 현실에 그다지 저항감을 느끼지 못하고 산 세월이 길다. '열심히'로는 모자란 듯해 '치열하게'란 말도 즐겨 썼다. 열심히 살고 부지런하게 살아야 옳은 삶이라고, 그게 인간으로서의 삶이라고, 사람의 도리라고 배웠다.

　그런데 말처럼 열심히 살았는지는 잘 모르겠다. 다만 쉴 틈 없이 살아온 건 인정한다. 진학하고, 취직하고, 이직하고, 결혼하고, 자식 키우고…. 그렇게 살아왔고, 살아가고 있다. 어떤 조직에 거의 항상 속해 있었고, 그 조직의 이해에 내 생활을 맞추기도 했다. 어디에서든 인정받으려 했고, 남들에게 뒤떨어지는 사람이 되고 싶진 않았다. 무시당하지 않고 존재감 없는 사람도 되기 싫었다. 남들도 그리 살기에, 그렇게 평범하게 사는 게 얼마나 힘든 일인지 깨닫곤 했다. '평범'이란 기준이 잘못된 지도 모른 채 말이다.

"난 항상 열심히 살았어."

한국에서 온 '하민'은 종종 이렇게 말하곤 했다. 그 말을 들은 브라질에서 온 랄도는 말한다.

"나는 '살다'라는 동사에 '열심히'라는 부사가 붙는 것이 이상하다고 생각했다. 'hard'는 보통 부정적인 느낌으로 쓰이는 말 아닌가. 'hardworking'이라는 말이 있긴 하지만 사는 게 일하는 건 아니니까. 나는 하민이 어떤 맥락에서 그 말을 하는지 궁금했다. 자기를 몰아붙이듯이 살았다는 것인지, 별다른 재미없이 살았다는 것인지, 열심히 산다는 게 그녀에겐 올바르다는 가치의 문제라는 것인지, 삶의 조건이 그녀를 힘들게 했다는 것인지 말이다."[*]

랄도의 말을 듣고 처음으로 '열심히'와 '산다'란 단어의 조합으로 이루어진 문장이 이상하다는 걸 깨달았다. 사는 건 일하는 게 아님에도 사는 걸 일하는 것으로 여기며 살았고 열심히 산다는 게 한국 사회에서 통용되는 일종의 도덕률이자 올바른 삶의 가치라 생각했다. 열심히 살아야 한다는 게 머릿속에 틀어박히고, 거역하지 못할 명령이 될 때 인간이 얼마나 힘든 삶을 살아야 하는지를 미처 깨닫지 못했다.

그렇다. '열심히'와 '부지런히'는 한국 사회에서 단순히 어떤 상태나 태도를 나타내는 부사가 아니다. 그건 가치이자 율법으로 기능한다. 누구나 열심히 살아야 한다는,

---

[*] 최은영, 「아치디에서」, 『내게 무해한 사람』(문학동네, 2018), 265쪽.

명령 섞인 도덕률이다. '옳다'와 '옳지 않다' 사이를, '좋다'와 '나쁘다' 사이를 구분 짓기도 한다. 부지런함은 권장해야 할 태도가 되고, 게으름은 죄로 전락한다.

자신이 좋아하는 건 누가 시키지 않아도 '열심히' 한다. 하지 말라고 해도 그 일에서 삶의 의미를 찾고 매진한다. 그런데 '열심히 살라'가 강요가 되고, 명령이 되고, 도덕이 될 때, '열심히'는 인간을 옥죄는 억압적인 이데올로기가 될 뿐이다. 그런데도 열심히 사는 걸, 열심히 살아야 제대로 사는 거라는 걸, 당연시했다. 그러다 랄도의 말을 듣고 생각을 고쳐먹는다.

하민은 열심히 살았다. 아니 힘들게 희생하며 살았다는 게 옳은 표현이다. 이른 나이에 간호사가 되어 돈을 벌었다. 일에 치여 환자에게 친절하게 대할 여력도 없었다. 애써 모은 돈은 어머니의 강요로 오빠의 결혼자금으로 들어갔다. 바짝 날을 세우며 일했다.

착하다는 이유로 희생을 강요하는 가족의 틈바구니에 끼어 곁을 줄 사람 없이 팍팍하게 살았다. 뭘 하고 싶은지, 어느 때 즐거운지도 모르고 살았다. 오로지, 열심히만 살았다. 주위를 둘러볼 여유도, 여력도 없이……

　그러다 깨닫는다. 자신의 얼굴이 어떤지를. 어떤 인간이 되어 있는지를. 여유는 고사하고 주위에 사람이 없다는 사실을. 그렇게 살아온 그녀에게 동생은 말한다.

　"착하게 말고 자유롭게 살아, 언니. 울어서 미안하다고 말하는 사람은 싫어."[**]

　남도 아닌 동생에게 눈물을 보여 미안하다고 말하는 하민. 착함을 강요받으며, 열심히 살아야 하는 걸 명령처럼 지켜온 하민에게 동생이 건넨 말은, 그녀의 삶을 깡그리 부정하지도, 애써 위로하지도 않는 말이었다. 그러했기에 하민은 한국에서의 삶 대신 아일랜드로 향할 수 있었을 테다. 조금 다른 삶을 찾기 위해서라기보다는, 우선 어떻게든 힘겨운 삶을 강요받는 이 땅을 떠나고 싶었다. 그곳에서 랄도를 만난다.

　그들은 서로 다르다. 하민이 열심히 살아온 자의 전형

　** 최은영, 「아치디에서」, 『내게 무해한 사람』(문학동네, 2018), 282쪽.

이라면, 랄도는 게으르게 살아온 자의 전형이다. 하민이 그렇듯 랄도도 그럴 수밖에 없었다. 자신의 삶을 책임질 수 없었다. 남들은 게으르다고 말할지도 모르지만 랄도는 사실 간신히, 아주 간신히 살아왔다. 사는 것 자체가 힘겨웠다.

랄도에게 하민은, 하민에게 랄도는, 분명 이질적인 존재였지만, 둘은 서로의 마음을 내어준다. 상처를 내보이며 서로가 지나온 삶을 아파하며 가까워진다.

자기 삶의 책임은 자기가 진다. 하지만 책임지지 못할 것까지 책임져야 할 때가 있다. 그럴 땐 물러나야 한다. 때론 싸우기도 해야 한다. 내가 사라지기 때문이다. 삶을 놓아버리고 싶기 때문이다. 열심히 사는 것에 더이상 의미가 없을 때, 열심히 살아왔어도 늘 제자리걸음일 때, 열심히 산다는 게 결국은 내 삶을 갉아먹는 좀처럼 느껴질 땐, 도망이라도 쳐야 한다. 하지만 물러섬도, 싸움도, 도망도, 결코 쉽지 않다.

한국 사회에서 열심히 살지 않는 사람이 얼마나 될까? 대부분 어떻게든 삶을 유지하려고 아등바등 살지 않나?

개인이 책임지지 못할 일인데도 개인에게만 책임이 지워지는 그런 세상 같지 않나? 하민처럼 큰 결심을 하고서라도 떠날 수 있는 사람이 얼마나 될까? '훌훌'까지는 아니더라도 질기게 이어지는 삶의 힘듦을 끊어낼 날이 오긴 올까?

삶에는 전기(轉機)가 필요할 때가 있다. 전환점은 느닷없이 닥쳐오기도 한다. 하민이 그랬던 것처럼 말이다. 쉽게 오지 않는 그 전환점에서 하민은 홀로 서려고 한다. 자기 삶만 온전히 책임질 수 있는, 열심히만 사는 게 아니라 자신을 돌아볼 수 있는, 그런 삶을 살아가려 한다.

열심히 사는 게 습관이 되었다는 걸, 나는 집에 홀로 있을 때 눈치챈다. 느긋하게 쉬고 있어도 좋으련만, 막상 쉴 수 있는 시간과 공간이 허락되면 뭐라도 해야 할 것 같은 조바심이 난다. 누가 뭐라 하지 않았는데, 지금 당장 해야 할 일이 없는데도 그렇다.

어쩌면 나에게도 삶의 전기가 필요한지도 모르겠다. 뭐라도 해야 불안함을 떨쳐내는 삶은, 궁핍하기 그지없으니까. 해찰하며 때론 무의미한 일도 하면서 살고 싶다.

눈 속에 홀로 핀 꽃

– 줌파 라히리, 『내가 있는 곳』

눈 속에 홀로 핀 꽃.

처음 사주를 봤을 때 들은 말이다. 눈 속에 홀로 피어 있기에 언제나 외로운 사주란다. 나머지 설명은 잘 생각 나지 않고, 내 사주풀이가 맞는지도 잘 모르겠지만 '눈 속 에 홀로 핀 꽃'이란 말은, 본 적 없는 하나의 이미지와 함 께 기억에 남아 있다.

막 녹기 시작해 투명해지고 있는 눈 속에 살짝 파묻 힌, 양쪽에 잎 하나씩 달려 도도해 보이는 보라색 꽃. 작 디작지만 꼿꼿한 줄기 위에 아직 망울이 채 터지지 않은 채 손대면 툭 하고 부러질 것만 같이 아슬아슬하게 달린 꽃. 살짝 고개 숙인 모습에 왠지 모르게 눈길이 가는, 혼자 피었지만 외롭지만도 쓸쓸하지만도 않은 홀로 충만한 꽃. 그게 내가 떠올린 '눈 속에 홀로 핀 꽃' 이미지였다. 물론, 실제 나하고는 별로 어울리지 않는다.

『내가 있는 곳』(마음산책, 2019)의 '나'의 이야기를 읽는 내내 눈 속에 홀로 핀 꽃이 떠올랐다. 강직한 느낌의 독야청청(獨也靑靑)과는 전혀 다른 서늘한 홀로서기가 그에게서 느껴졌다. 애써 꼿꼿함을 유지하려 하지만 살짝 고개 숙인 모습에서 배어 나오는 쓸쓸함은 감춰지지 않았다. 이방인을 자처하고 기댈 곳 없이 사는 인생이지만, 무관심을 가장하며 어떻게든 기댈 곳을 찾아내려 하는 위태로움이 내내 마음에 걸렸다. 작고 소소한 것에 상처받아 마음이 닫힌 상태지만 그래도 누군가가 살피고 헤아려주면, 기다렸다는 듯 조용하게 반응하는 모습에서 외로움은 절대 내성이 생기지 않는다는 걸 깨달았다. 어디에 있든 꼿꼿함을 유지하지만, 한편으론 여전히 쓸쓸한….

사람들이 많은 곳에 가면 쉽게 피곤함을 느낀다.

들뜬 만큼 피곤하다. 사람 많은 곳을 좋아하지도 않고, 사람 만나는 걸 즐겨 하지 않는데도, 사람을 만나게 되면 이상하게 들뜬다. 말도 많아지고 뭔가 색다른 일이 벌어지지 않을까 하는 기대도 한다. 사람들을 만나 얘기를 나누는 시간도 제법 즐거워한다. 농담도 해대고, 웃기도 잘 웃는다.

하지만 안다. 누군가와 헤어진 뒤 어떤 심정이 될지…. 북적북적한 곳에서 한가로운 곳으로 이동하면 뭔가 허전해진다. 조금 전까지 와자지껄 그토록 신나게 떠들어댔지만, 이제는 침묵 속으로 침잠한다. 말로 표현하기 힘든 공허가 밀려오고, 혹 실수를 하진 않았나 하는 걱정과 즐거웠던 순간을 떠올리기도 쉽지 않을 만큼 허무를 느낀다.

한 마디로 만사 귀찮아지고 피곤해지고 뒤가 켕긴다. 즐겁게 떠들어댔던 내가 낯설어진다. 그래서 되도록 사람 많은 곳을 피하고 싶어진다. 평소와 다르게 들뜨기 때문이고, 들뜬 다음에 오고야 마는 쓸쓸함을 느끼고 싶지 않기 때문이다.

"예상과 달리 도망갈 길이 없어. 하루하루를 살아갈

뿐이야."*

저 말처럼, 인생이란, 일상이란, 도망가지 못하고 하루 하루 살아가는 것인지도 모른다. 일상은 쉽게 변하지 않고, 즐거운 순간도 한때다. 어쩌면 그 순간을 지나쳐 다시 일상으로, 내 본 모습으로 돌아와야 하기에 허전한지도 모르겠다. 웃던 얼굴이 굳어지고 쉴 새 없이 떠들던 입이 다물어진다. 다시 일상으로 돌아오는 자연스러운 과정이다. 그럴 때 생각한다. 지금 여긴 어디고, 난 어디로 가고 있을까. 난 지금 어떤 상태인가. 조금 전까지 떠들어댔던 내가 나인가, 침묵하고 있는 내가 나인가.

그렇게 때때로 어디에 어떻게 있는가를 자문한다. 여기서 '어디'는 대체로 장소만을 규정하지는 않는다. '어떻게'도 상태만을 뜻하는 건 아니다. 대부분의 '어디'는 삶의 방향을 잠시 잃거나 스스로가 낯설어질 때 느끼는 심정이고, '어떻게'는 그 느낌을 살펴보고 들여다보는 내 마음자리다. 『내가 있는 곳』에서의 '나'도 그걸 살펴본다. 일상의 공간에서, 또 어느 마음자리에서, 그는 자신이 어디에 어

* 줌파 라히리, 이승수 옮김, 『내가 있는 곳』 (마음산책, 2019), 81쪽.

떻게 있는지를 담담하게 써 내려간다.

그는 고독하다. 마음껏 쓸쓸하다. 고독을 가까이하지도 않고, 외면하지도 않는다. 그냥, 고독할 뿐이다. 난 고독을 '꼿꼿한 쓸쓸함'으로 읽었다. 그는 자신이 외롭다는 걸 알지만 그걸 견디려 하지는 않는다. 외로움 때문에 누군가를 찾지도 않는다. 다만 자신이 머무는 동네가 자신을 사랑하는 걸 느끼고, 침묵 속에서 누군가와 눈인사를 건네는 작은 행동 덕분에 세상과 화해한다. 그렇게 어딘가에 있는 누군가의 마음 안에 남아있는, 자신에 대한 애정을 홀로 느끼며, 꼿꼿하게 쓸쓸하다.

그는 외롭지만, 한편으로는 외롭지 않다. 홀로 사는 중년 여인인 그는 외로운 존재다. 사람들과 교류하는 걸 기피하고 피곤해한다. 외로움을 자처했다고도 볼 수 있으나 딱히 그런 건 아니다. 그가 원한 건 세상과의 거리였다. 세상과 조금 떨어진 곳에서 삶을 살아갈 뿐이다.

힘든 시절도 있었고, 짧게 빛나던 시간도 있었지만 언제든 외로움은 인생의 동반자처럼 그의 곁에 머물러 있었다. 어디를 가든, 어디에 머무르든, 그는 외로움과 함께

다. 항상 함께이기에 오히려 외롭지 않은지도 모르지만, 한편으로는 외롭고 쓸쓸한 사람이기에 어디에 있든 부유 (浮游)할 수밖에 없는 운명에 처한다. 기댈 곳 없고, 또 정박할 만한 부표 하나 없을 때 더 그렇다.

우리가 스쳐 지나지 않고 머물 어떤 곳이 있을까?
방향 잃은, 길 잃은, 당황한, 어긋난, 표류하는, 혼란스러운, 어지러운, 허둥지둥 대는, 뿌리 뽑힌, 갈팡질팡하는. 이런 단어의 관계 속에 나는 다시 처했다. 바로 이곳이 내가 사는 곳, 날 세상에 내려놓는 말들이다.[**]

내 주위에도 같은 낱말이 머물고 있음을 느낀다. 언제든 방향을 잃고 표류할 가능성은 충분하다. 그럴 때 허둥지둥하는 건 당연하다. 잘 가고 있다고, 잘살고 있다고 생각했는데 불현듯 의문이 든다. 잘살고 있다고 가장(假裝)하면서 살아온 건 아닐까.

[**] 줌파 라히리, 이승수 옮김, 『내가 있는 곳』(마음산책, 2019), 189~190쪽.

고독을 가장하며 산다. 마치 혼자 있는 걸 즐기고, 홀로여도 외롭거나 쓸쓸하지 않다고, '혼밥'과 '혼술'도 개의치 않는다는 걸, '과시'하곤 한다. 과시는 고독을 견디지 못한다는 반증이다. 주위에 사람들이 많은 걸 피곤해하지만 마음을 기댈 누군가가 없는 현실을 받아들이고 싶지 않기 때문에 쓸쓸함을 숨기려고 고독을 과장하며 내보이기 바쁘다.

그의 내밀한 독백을 읽으며, 내가 있는 곳에 대해 생각한다. 어디에 있는지 오리무중이다. 충만하고 충일한 삶은 아니지만 그래도 조금은 뭔가를 채워온 삶이라 여겼건만 돌아보면 빈 구멍이 여럿 보인다. 그걸 애써 감추며 살아왔을 뿐이다.

다시금 '눈 속에 홀로 핀 꽃'을 생각한다.

'꼿꼿한 쓸쓸함'을 상기한다.

그 말처럼만 살아도, 제법 괜찮은 삶인 듯 여겨진다.

아직, 멀었다.

지지리 궁상이어도 내 인생

– 후루야 미노루, 『크레이지 군단』

"실패했군."

우주인이 나타난다. 실패했다고 말한다. 자기 몸에 있는 버튼을 가리킨다. 인생을 다시 시작할 수 있는 리셋 버튼이다. 누를 거냐고 묻는다. 『크레이지 군단』(세주문화사, 1999)의 스구오가 던진 질문이었다. 동생 이꾸오, 도쿄에서 만난 이또킹과 카즈는 단 1초의 망설임도 없이 "눌러"라고 말한다.

스구오와 이꾸오. 이들은 형제다. 엄마가 죽은 뒤 3일째 되던 날, 2년 전부터 함께 살아온 양아버지는 두 형제를 쫓아낸다. 엄마 대신 너희들이 죽었으면 좋았을 거라는 말과 함께…… 14살의 스구오와 10살의 이꾸오는 그

길로 집을 나와 무작정 도쿄로 향한다. 거기에서 마징가Z를 닮은 이또킹을 만나고, 가출한 카즈를 만난다. 그렇게 '지지리 궁상맞은 인간들의 좌충우돌 유랑활극'이 펼쳐진다.

만화가 후루야 미노루의 극히 사실적이면서 과장된 그림체, 어이없고 황당한 상황과 배꼽 잡는 말재간이 버무려져 쉴 새 없이 웃게 되지만, 그 뒤에 급격하게 씁쓸함이 닥쳐온다. 그 씁쓸함의 정체는 이들의 삶에 과연 미래라는 게 있을까 하는 의문과 함께 희망이 보이지 않는 상황이다. 그들이 살아갈 삶은 암울하지만, 절망하지 않는다.

스구오는 살 집도, 의탁할 만한 사람도 마땅히 없었다. 이들은 그간의 삶과 앞으로 살아낼 삶에 대해 대범한 척, 별일 아닌 척, 거만한 척, 삶을 다 알고 있는 척을 한다. 이리 눙치고, 저리 딴청을 피운다. 산전수전 다 겪어본 사람처럼 행동한다. 어떤 난관도 극복하거나 외면할 수 있는 듯 행동한다. 심지어 자신을 거둬준 이에게 고마워하지도 않고 잘 보이려고도 하지 않는다. 일도 하지 않고 은

혜에 보답할 생각조차 하지 않는다. 뻔뻔해서 당당하다. 그게 이 만화의 '개그 코드'다. 특히 스구오는 말도 안 되는 짓을 스스럼없이 한다. 생각이란 게 있나 싶을 만큼 제 멋대로 살아간다. 하지 말았으면 하는 짓도, 상식적으로 도저히 이해하기 힘든 일도 서슴지 않는다. 거칠 것 없어 보인다. 이또킹도 마찬가지다.

그러나 양아버지의 폭력 앞에 존댓말로 죄송하다며 다신 집에 오지 않겠다고 말하는 스구오와 자신을 왕따 시켰던 친구 앞에서 한없이 비굴해지는 이또킹에게서 난 '척' 뒤에 숨겨진 상처를 엿보았다. 어쩌면 이들은 희망 없는 삶을 외면하고자 '쿨한 척'을 하고 있었던 건 아닐까. 어른인 척했지만 실제로는 모진 세상으로부터 끊임없이 상처받고 있었는지 모른다.

쿨(cool)의 정서는, 현실 부정과 맞닿아 있다. 어떤 난관이 닥쳐왔을 때 그걸 해결하지 않고 외면하면서, 스스로 상처받지 않는 기묘한 정신 승리 비슷하다. 그래서 달관과는 결이 다르다. 세상을 인정하는 게 아니라 외면하기 때문이다. 실제로는 엄청난 상처를 받았으면서도 그걸 애써 감추려 '쿨'을 동원하는 거다. 쿨의 정서가 씁쓸한 건 바로 이런 이유 때문이다.

스구오는 엄마가 죽고, 살던 집에서 쫓겨나던 순간부터 '쿨'로 외면한다. '어떻게든 되겠지'라는 무대책으로 일관한다. 놀라운 건, 그러다 보니 좌절하고 절망할 틈도 없다는 것이다. 불행하지도 않다. 희망과 목표가 있어야 절망도, 좌절도 가능해진다. 좌절하고 절망해야 불행도 느낀다. 그런데 애초부터 스구오에게는 그런 게 없었다. 잘살아 보겠다는 생각조차 없었다. 온몸을 '쿨'로 무장하고 있을 뿐이다. 이게 '지지리 궁상맞은 인간들의 좌충우돌 유랑활극'이 펼쳐질 수 있었던 배경이다. 물론 개그 만화여서 가능한 일이다.

『크레이지 군단』을 처음 읽을 때는 웃느라 정신없었다. 몇 번이고 다시 읽어도 깔깔거리며 웃었다. 그런데 어느 순간부터 뒷맛이 개운치 않았다. 뭔가 생각할 거리가 계속 생겨났다. 만약 이런 삶이 내게 주어진다면? 도망 다니기 바빴을 게다. 좌절하고 절망하고 원망하고 증오했을 것이다. 원치 않던 불행에 몸서리쳤겠지. 리셋 버튼?

누르지 말라고 해도 기어이 누르지 않았을까. 쿨? 난 절대 못 했을 것이다.

가끔 쿨한 척을 한다.

그래야만 할 때가 있다. 쿨한 척이라도 하지 않으면 너무 궁상스럽고 초라해질 것 같아 쿨을 가장한다. 그렇다고 마음에 상처가 생기지 않는 것도 아니다. 겉으로는 별일 아닌 척하지만 속으로는 낑낑댄다. 속앓이하는 티도 난다. 쿨함이 아닌 쿨한 척을 하다 보니 생기는 부작용이다.

자주 좌절한다.

글이 써지지 않을 때, 남들보다 능력이 뒤떨어진다는 걸 깨달을 때, 이루고 싶은 꿈이 점점 멀어지는 걸 느낄 때, 남은 생이 지나온 생과 다를 바 없는 듯 느껴질 때, 좌절한다. 그런데 생각해보면 좌절의 이유가 좀스럽다. 자신을 과대평가거나 뭔가를 이루려는 노력 없이 욕망만 가득해서 좌절하기도 하기 때문이다. 좌절할 수밖에 없는 상황을 만들어놓고, 지레 좌절해버린다. 이런 걸, 자승자박(自繩自縛)이라 하는 거겠지.

절대 이루어지지 않을 리셋보다는 외려 '쿨'이 더 나은지도 모른다. 더 나은 삶을 바라는 마음과 미래에 대한 기대가 강박이 되면, 좌절하지 않아도 될 상황에서 쉽게 좌절한다. 좌절은 결국 자기 삶에 대한 부정으로 다가올 수밖에 없다.

마냥 쿨하게 살 수 없지만 뭔가에 얽매이는 것보다는 쿨이 낫다. 그건 어쩌면 삶을 있는 그대로 인정하게 만들기도 하니까. 어느 정도의 포기와 체념, 외면이 필요할 때도 있다. 더구나 삶이 희망과 절망 사이의 어중간한 상태에 있다면, 너무 애쓰지 않아도 되지 않을까.

만약 누군가 리셋 버튼을 들이대면 난 어떻게 할까? 쉽게 누르지도, 그렇다고 바로 단념하지도 못하고 망설이지 않을까. 가보지 못한 길에 대한 선망과 지나온 삶을 모두 부정할 수밖에 없는 현실 사이에서 방황할 것이다.

리셋 버튼을 누르지 않아도 될 만큼 나름 운 좋게 그럭저럭 별 어려움 없이 살아왔어도, '삶의 리셋 버튼'은 강렬한 유혹이다. 다른 삶, 다른 사람이 되고 싶다는 욕망의 발로이기 때문이다. 그러나 리셋 버튼 하나로 달라질 삶이라면, 그 삶은 얼마나 허망할까. 다시 시작하는 삶이 지금보다 꼭 나아지리라는 보장도 없지 않은가.

매번 좌절하고 절망해도 긴 시간을 잘못 살아온 듯해도 버릴 수 없는 인생이다. 그렇다. 지지리 궁상이어도 그게 내 인생이다. 그걸 '쿨'하게 인정하면 삶이 조금은 가벼워질지도 모르겠다.

비겁해도 괜찮아

- 가즈오 이시구로, 『남아 있는 나날』

한 단어나 한 문장으로 감정을 표현하는 건 어렵기도 하거니와 어리석기도 하다. 감정의 결은 단순하지 않기에, 그걸 단 한마디로 표현할 수 없기에 그렇다. 또 켜켜이 쌓인 감정의 층위가 두터울수록 표현의 한계는 명백해진다. 그런 감정을 제대로 설명하지 못하는 건 당연한 걸 수도 있다. 복잡한 감정을 한마디로 설명하는 건 표현의 폭력 내지는 오만일 수 있다.

삶도 비슷하다. 하나의 인생을 두고 한 마디 낱말이나 한 줄의 문장으로 표현하는 건 아무래도 무리다. 한마디로 정리할 수 있을 만큼 단순하지 않다. 삶의 결은 여러 가지고, 시대에 따라, 처한 상황에 따라, 특정한 조건과 장소에 따라 인간의 삶은 잔잔하게 흘러가기도 하고 요동치기도 한다. 환경이 사람을 만든다는 말은, 어느 정도 일리가 있다. 시대와 상황을 무시하고 인간의 삶만을 평가할 수 없는 이유가 여기에 있다.

우리네 삶은 당연하게도 '지금'과 '여기'에 얽매이고 의도치 않아도 삶은 느닷없이 복잡다단해진다. 단순하고 잔잔하면 좋겠지만, 그런 인생이 얼마나 될까. 나 역시 평온을 바라면서도 한편으로는 풍파에도 시달려보고 위기도 극복해보고 죽을 만큼 아파도 보고 더할 나위 없이 행복해도 보고 그래서 남들에게 '내 이렇게 힘들게 살았노라'고 허세 섞인 말을 할 수 있는 그런 인생이었으면 한다. 삶에 의미를 부여할 수 있는 뭔가가 없다면, 못내 아쉬울 것 같다.

『남아 있는 나날』(민음사, 2010)의 스티븐스는 '집사'다. 직업을 지칭하는 말이지만 스티븐스에게는 삶을 지칭하는 용어로 확장된다. '집사'라는 한 마디 낱말로 삶을 규정할 수도 있다. 그가 원했던 일이었다. 품위 있는 집사가 그가 원했던 삶이었고 그렇게 기억되길 바랐다. 자신이 모시는 '신사'의 위신에 걸맞게 처신하고, 다른 하인들을 관리하며 손님 접대를 비롯한 다양한 사교 현장이 되어버린 대저택을 꼼꼼히 관리하는, 스스로 원해 주인에게 예속된 삶, 주인의 명성을 자신이 이룬 성과로 생각하며 사는 인생, 그게 전부였다.

그는 겸양을 가장한 자부의 말투로 과거를 회상한다. '내 이렇게 살았노라'고, 어떤 역경이 닥쳐왔어도 잘 극복하고 집사로서의 삶을 충실히 살았다고 과시하듯, 또 변명하듯 말한다. 책을 읽는 내내 눈에 밟히고 걸렸다. 담담하게 풀어내는 회상에 회한이 짙게 깔려 있었기 때문이다. 잘못 살지 않았다는 변명이 도처에 지뢰처럼 잠복해 있기에 그랬다.

집을 벗어난 적 없던 그는 난생처음 떠난 여행길에서 지난날의 흔적을 찾아 나선다. 자신이 선택한 삶을 처음으로 돌아본다. 집사로서의 책무를 하다 아버지의 임종을 지키지 못했던 일을 후회하면서도 그렇게밖에 할 수 없었다고 변명한다. 이율배반적인 감정을 그는 전혀 이상하게 생각하지 않는다.

가장 후회하는 일은 서로 호감이 있었던 켄턴을 떠나보낸 일이다. 과거의 선택을 되돌리고, 뒤늦게나마 실수를 만회하고 싶어 난생처음 떠난 여행도 켄턴을 만나러 가는 길이다. 스티븐슨의 본심은 미처 전하지 못한 말을 전하고 다른 삶을 살고 싶었다.

지나간 시간은 거꾸로 돌리지 못한다. 과거의 삶을 번복할 방법도 없다. 지난날은 흔적으로만 남아있을 뿐이다. 과거에 어떤 선택을 했다면 그에 대한 책임을 질 수밖에 없는 게 인생이다. 지금이라도 지나온 삶을 되돌리고 싶어 했던 스티븐스의 바람은 무위로 돌아간다. 남아 있는 나날은 있지만, 가능성은 남아 있지 않다.

"사실 나는, 달링턴 경께 모든 걸 바쳤습니다. 내가 드려야 했던 최고의 것을 그분께 드렸지요. 그리고 나니 이제 나란 사람은 줄 것도 별로 남지 않았구나 싶답니다."*라며 주인에게 스스로 예속된, 주인과 자신을 동일시한 삶을 최선으로 알았던 스티븐스는 남아 있는 날들을 어찌해야 할까.

---

* 가즈오 이시구로, 송은경 옮김, 『남아 있는 나날』(민음사, 2010), 298쪽.

"하긴 그렇다. 언제까지나 뒤만 돌아보며 내 인생이 바랐던 대로 되지 않았다고 자책해 본들 무엇이 나오겠는가? 여러분이나 나 같은 사람들은 궁극적으로, 이 세상의 중심축에서 우리의 봉사를 받는 저 위대한 신사들의 손에 운명을 맡길 뿐 다른 선택의 여지가 별로 없다. 이것이 엄연한 현실이다. 내 인생이 택했던 길을 두고 왜 이렇게 했던가 못했던가 끙끙대고 속을 태운들 무슨 소용이 있을까?"**

선택의 여지가 별로 없었다고, 잘못 살지 않았다고, 끙끙댄들 무슨 소용이 있겠냐면서 그는 자신의 삶을 합리화시킨다. 외면한다. 자신을 스스로 기만한다. 비겁하다고 할 수도 있겠다. 아마 스티븐스는 앞으로도 충직하고 충실한 '집사'로만 살 듯하다. 그게 그의 삶에 남아 있는 나날일 거다. 회한을 가장한 자기변명을 일삼으며, 자기 합리화로 삶을 대하는 자신의 비겁함을 감추며 말이다.

"어쩔 수 없었어. 그게 최선인 줄 알았다고."라는 말을

** 가즈오 이시구로, 송은경 옮김, 『남아 있는 나날』 (민음사, 2010), 300~301쪽.

되뇌는 시간이 왔다는 걸 어렴풋이 느낀다. 언제까지 살지는 모르지만 어쨌든 평균 수명의 절반을 넘어선 건 확실하다. 지나온 삶보다 여생이 더 짧아진 시간을 보내고 있다. 과거를 돌아보는 일이 잦아진 것이, 이만하면 잘 살아왔고 잘살고 있다고 위무하는 것이 그 증거다. 가보지 못한 길, 선택하지 않았던 삶의 여러 국면을 애써 외면한다. 아무리 애를 써도 포도를 먹지 못하자 맛없는 신 포도일 거라고 투덜대며 외면하는, 이솝우화 속 여우와 같다.

그러나 인생에 최선의 선택은 없다. 이미 하나의 길을 선택한 순간 다른 길을 가볼 수 없으니 최선이었는지를 판단할 수 없다. 선택한 대로 살아갈 뿐이다. 스티븐슨도 다행히 자신이 선택한 길에 확신을 얻었다. 그리고 그에게는 아직 남아있는 나날이 있다. 그날들이 있는 한 조금 비겁해도 괜찮지 않을까 싶다. 삶을 한마디 말로 규정지을 수 없는 것처럼, '집사'로 살아온 삶이 한 권의 책이 되는 것처럼, 남은 나날 속에 또 어떤 일이 벌어질지 모르니까.

그게 인생의 묘미 아닐까.

추레하지만 불행하진 않다

– 천명관, 『고령화 가족』

지나온 삶을 돌아볼 때면 되뇌곤 한다.

'운이 좋았다'고……. 어떤 삶을 살지 여전히 희뿌옇지만, 그동안 운 좋게 살아온 건 확실하다. 이리 평온하게 살아도 되는가 하는 생각이 들 정도다. 기울인 노력보다 더 많은 걸 누리는 듯해 놀랍기까지 하다.

성공했는지는 모르지만, 지금까지 실패하지 않은 건 분명하다. 문득 삶을 성공과 실패의 잣대로 평가할 수 있을까, 성공과 실패가 낙인이 아닐까, 단칼에 무 베듯 잘 살아왔다거나 잘못 살았다고 남의 인생을 평가할 수 있는가 하는 생각이 든다.

경제력, 사회적 지위, 권력의 유무로 성공과 실패를 가늠하는 건 마뜩잖다. 비록 그게 현실이라 할지라도, 삶은 살아가는 자의 온전한 몫이기 때문에 쉽사리 성공과 실패의 딱지를 붙여서는 안 된다.

세상에 실패를 바라는 사람은 없다.

우연히 진창에 빠지고, 허우적대고. 기로에 섰을 때 선택한 길이 하필이면 힘들고 어려운 길이고. 잘못된 길에 들어서고도 되돌아갈 여력이 없어 힘겹게 발걸음을 내딛고. 그런 인생을 원망하고 좌절하고 분노하고 포기하고. 그러면서 그게 팔자라고 운명이라고 자조하고. 마음 둘 곳 없이 부초처럼 떠돌다 흔적조차 남기지 않고 사라지고. 누구나 이렇게 힘들게 사는 건 아니지만, 누구든 이런 생에 빠져들 위험이 있다. 어찌 될지 모르는 게 삶이니까.

『고령화 가족』(문학동네, 2013)에 등장하는, '오함마'란 별명이 더 잘 어울리는 오한모는 실패에 가까운 인생이다. 어쩌면 등장인물 모두가 그럴지도 모른다. 나이 쉰이 넘어서 엄마 집에 얹혀사는 건달 오한모도, 한 편의 영화를 말아먹고 난 뒤 이혼당하고 역시 엄마 집에 눌러앉게 된 영화감독 오인모도, 술집을 운영하면서 바람을 피우다 이혼하고 딸과 함께 엄마 집에 머무는 오미연도, 화장품 방문 판매원으로 신산한 삶을 꾸리고 있는 엄마도 실패한 인생의 전형처럼 느껴진다.

그중에 이상하게 자꾸 눈길이 가는 사람은 오한모였다. 고등학교 때 가방에 벽돌을 넣고 다니며 일대를 주름잡던 건달이자 전과 5범. 여러 사업을 하다가 말아먹고, 아르바이트하던 여성을 강간하고, 조카 팬티로 자위행위를 하다 들키고, 차 안에서 동생과 섹스를 하던 사람을 끌어내 주먹을 휘두르고….

개차반도 이런 개차반이 없다. 이렇게만 놓고 보면 결코 가까워지고 싶지 않은 사람이다. 아마 주위에 이런 사람이 있다면 피하기 바빴을 것이다. 하지만 오한모가 짝사랑하는 미용실 주인 수자 씨는 이렇게 말한다.

"알고 보면 좋은 사람인데 뭔가 세상에 적응을 잘 못 하는 사람"*

---

* 천명관, 『고령화 가족』(문학동네, 2013), 153쪽.

알고 보면 나쁜 사람 없다는 말은 아무리 나쁜 사람이라 할지라도 삶을 들여다보면 조금은 이해할 수 있기 때문이다. 물론 알고 보면 더 나쁜 사람도 있지만, 오한모란 인물은 '뭔가 세상에 적응을 잘 못 하는 사람' 쪽에 가깝다. 자기 사업을 방해하는 상대방 깡패를 죽일 기회도 있었지만 죽이고 나서의 삶을 감당할 자신이 없어 그냥 포기하는 사람, 위악적으로 동생들을 대하지만 동생들을 누구보다 자랑스러워하는 사람이 오한모다.

어느 날 오한모가 헤밍웨이의 『노인과 바다』를 읽는다. 읽고 나서 그는 자신을 노인도, 상어도 아닌 노인에게 잡혀 상어에게 뜯어 먹힌 청새치라고 말한다. 상어에게 살점을 뜯어 먹히고 뼈만 남은 채 수치스럽게 돛대에 매달린 청새치를 자신과 동일시한다.

오한모는 깡패가 되지 못한 양아치다. 양지도, 음지도 아닌 곳에 살고 있다. 물 안에서는 상어에게 뜯어 먹히고, 물 밖에서는 뼈만 남은 채 수치스럽게 돛대에 매달리는, 어디에도 속하지 못한 존재다. 그래도 삶은 계속된다. 인생은 한 방이란 말처럼, 그 역시 멋지고도 서글프게 한 방을 터뜨린다. 그래도 추레한 건 변함없다.

누구 하나 거들떠보지 않는 추레한 삶이지만 오한모는 불행하진 않았다. 그에겐 갈 곳 잃은 자신을 품어주고, 자신의 존재를 있는 그대로 인정해주는 가족이 있었다.

사실 남의 인생을 불행하다고 평가할 자격은 누구에게도 없다. 삶을 평가하는 건, 자신의 삶에 국한되어야 한다. 남이 보기에 불행한 건 그리 중요한 게 아니다. 휘황찬란한 듯 보이는 삶도 드리워진 그늘의 심도가 깊고, 한없이 누추해 보여도 속은 그렇지 않은 경우도 있는 법이다.

번듯해 보이는 삶도 들여다보면 그늘이 보이고, 초라해 보이는 삶도 반짝이는 순간이 분명 존재한다. 찰나의 빛남이 있다면, 그것 하나만으로도 삶은 덜 추레해진다.

성공과 실패로 삶을 구분하는 건 너무 단선적이다. 삶의 면면을 살펴보면 성공과 실패의 잣대로만 판단할 수 없는 순간들이 무수히 많다.

삶에 실패란 없다.

조금 덜 추레하거나 조금 더 추레할 뿐이다. 난, 그렇게 생각한다.

완전한 인간은 없으니

– 박민규, 『죽은 왕녀를 위한 파반느』

휘황찬란한 건물을 보면 위축된다. 전면이 유리로 된 건물은 안이 아닌 밖을 비춘다. 반사경처럼 빛난다. 속을 들여다볼 수 없다. 분명 그 안에 사람이 살고 있는데 사람의 흔적이 보이지 않는다. 건물이 사람을 위압한다. 유리와 철근, 콘크리트의 물성이 가진 차가움만이 느껴진다. 너무 완벽해서 차가운, 그런 느낌.

건물 뒤로 돌아간다. 어김없이 에어컨 실외기와 전선이 어지럽게 뒤엉켜 있다. 봐서는 안 될 것을 엿본 듯하다. 건물과 도시의 속살이다. 드러내고 싶지 않은 핏줄이고 소화기관이다. 이제야 마음이 좀 놓인다. 냉정하고 완벽해 보여 위축되었던 마음이 풀린다. 완전하지도 완벽하지도 않아 새삼 안심한다.

　인스타그램이나 페이스북을 보면 완벽한 건물을 보는 듯한 느낌이 든다. 하나같이 모두 행복한 일상을 누리고 있는지 의아하다. 범접지 못할 '넘사벽'의 느낌이다. 근사한 곳에서 화려한 옷을 입고 맛있는 음식을 먹으면서도, 열심히 운동하며 자기 관리를 한다. 잘생기고 예쁘고 멋있고 교양 있고 화려하고 상식 있고 각종 문화생활과 취미생활을 즐기는 사람들이 넘쳐난다. 지리멸렬한 내 삶이, 그 화려하고 따뜻하며 자족적인 분위기에 끼어들 여지가 없어 보인다. 너무 완벽해서 현실감이 없어진다.

　건물의 뒷면처럼 그들에게도 그늘이 있겠지 싶다가도 '과연 그럴까'라는 의문부호가 붙는다. 어쩌면 항상 행복한 사람이 있지 않을까 싶어서다. 나는 한 번도 느껴보지 못했지만 그런 삶을 사는 사람이 없으리란 법은 없으니까. 그러다 보니 그늘을 찾는 내가 마치 이들의 행복한 일상을 질투하는 듯한 생각마저 든다. 그만큼 SNS에 나타나는 그들의 삶은 '완벽' 그 자체다. 질투가 아닌데도 질투가 아닐까 의심할 만큼.

그들의 실제 삶과 SNS에서의 삶은 같을 수도, 다를 수도 있다. 행복한 순간만을 올렸을 수도 있고, 사진 속 인물과 계정 주인이 동일인이 아닐지도 모른다. 더 멋있고 예쁜 모습으로 윤색했는지도 모른다. 당사자만 알 뿐이다. 사정이야 어찌 됐든 사람들은 그 모습에 열광한다. '좋아요'가 몇천 건, 몇만 건을 넘어선다. 팔로워 수도 늘어나고, 그렇게 일약 '인싸'가 된다. 너무 완벽하기에 받는 관심이지만, 같은 이유로 현실에 붙박고 살아가는 사람 같지 않다.

그들은 모두 그럴싸하다. 제법 훌륭해 보인다. 그러다 마치 자신의 일상을 자랑하지 못해 안달 난 사람처럼 느껴진다. 뭔가 내세우고 싶어서, 다른 이에게 자신을 자랑하고 인정받고 싶어서, 그리 행복에 겨운 표정인지도 모르겠다. SNS의 '좋아요'로 남들보다 조금은 낫다고, 남들만큼은 살고 있다고 자부하고 있는지도 모르겠다. '자족'보다는 타인의 시선을 신경 써야만 하는 '결여'가, '소통'보다는 '과시'가, '절대평가'보다는 남과의 비교를 통한 '상대평가'가 느껴진다.

『죽은 왕녀를 위한 파반느』(위즈덤하우스, 2009)에서 요한은 말한다. 인간은 끊임없이 남과 비교하면서 부끄러워하고 부러워하는 존재라고……. 과연 그게 인간인 걸까? 고개를 끄덕이다 가로젓는다. 가로젓다가 다시 끄덕인다. '비교'는 인간의 한 속성임에 틀림없지만 그게 다는 아니란 생각도 든다. 분명 어느 순간에는 비교를 초월하기도 한다. '이만하면 되었다'하는 순간이 분명 있다.

허나 그 순간도 비교를 되풀이한 끝에야 찾아오는 찰나의 깨달음에 불과한지도 모른다. 끝내 인간은 비교할 대상을 찾고, 비교를 통해서 만족을 느끼는, 아니 영원히 만족하지 못하는 존재이지 않을까 싶다. 비교 우위를 점한 사람은 자기보다 아래에 있는 이를 무시하며 폭력을 휘두르거나 동정하고, 남보다 못한 위치에 머무는 사람은 그 폭력에 무방비로 노출된 채 자책하고 삶을 포기한다.

'그녀'는 그렇게 살아왔다. 그녀가 타인과 맺는 관계는 '킥킥'을 동반한 비웃음과 수군거림, 냉대와 무시, 값싼 동정 외에는 없었다. 마음을 닫았지만, 무뎌지진 않았다. 매 순간 상처를 받았고 상처가 아물 새도 없이 또 다른 상처가 생겨났다. 그러다 '그녀' 앞에 '나'가 나타난다. 서로 사랑하고 사랑받는다. 비교도 하지 않고 우위도 점하지 않는 채⋯⋯.

이들은 모든 인간이 그러하듯 완전하지 않다. 오히려 결핍과 결여가 더 큰 사람들이다. 그럴듯하고 그럴싸한 삶과는 거리가 멀다. 내보이려고도, 남들 눈에 잘 보이려고도 하지 않는다. 심지어 '나'는 삶이 고된 이유를 '유원지의 하루'와 비슷하다고 말한다. 5분도 안 되는 놀이기구를 타기 위해 1시간 정도를 기다리는 사람들을 보며, 그럴듯한 인생이 되려고 애쓰는 삶을 헤아린다. 그럴듯하고 그럴싸한 삶을 살기 위해 인생의 대부분을 허비하는 삶을⋯⋯.

인간은 완전하지 않다. 인간이 완전무결하다면 비교할 필요도 없고 남의 시선을 신경 쓰지도 않을 것이다. 다만 인간은 완전을 추구하는 듯하다. 완전할 수 없는데도 남들 보기에 그럴싸하고, 자신이 생각하기에도 그럴듯한 삶을 이루려 한다.

문제는 그 와중에 끊임없이 비교하면서, 스스로 상처

받고, 남에게 상처를 준다. 그럴 필요가 없음에도, 타인의 시선에서 벗어나지 못하고, 어찌할 수 없이 비교하고, 비교당하면서 산다. 그게 인간인지도 모르지만, 그것만이 인간은 아닐 테다.

비교를 초월하고 존재를 인정하는 순간이 분명 있으니까. 남들이 뭐라 하던 인간은 존재만으로 빛나기도 하니까.

인간은, 또 삶은, '무엇'이라고 쉽게 단정 지을 만큼 그리 호락호락하지 않다. 새삼 안심한다.

웃어라, 세상이 너만 빼고 웃으리라

– 빅토르 위고, 『웃는 남자』

"인간보다 덜 어두운 밤."*

    폭풍우 몰아치는 선착장에 한 아이가 버려진다. 아이 혼자만 남겨두고 일행은 배를 타고 바다로 나선다. 혼자 남겨진 아이는 인적을 찾아 눈밭을 헤치며 나아간다. 마을이 어디에 있는지조차 모른 채 나아가던 아이는, 갓난 아기 울음소리를 듣고 눈 속에 파묻혀 죽어 있는 한 여자 품에서 아기를 찾아낸다. 버려진 아이가 죽어가던 아기를 구한다.

    버려진 아이는 웃고 있다. 표정 변화가 없다. 인위적인

---

* 빅토르 위고, 이형식 옮김, 『웃는 남자 상』(열린책들, 2018), 67쪽.

수술로 그는 항상 웃는 얼굴로 살 수밖에 없다. 오직 하나의 표정만 허락된, 해괴한 얼굴을 가진 기괴한 삶이다. 귀족들을 웃게 하는 장난감으로 만들기 위해 인간이 저지른 일이다. 버려진 후 그는 광대가 된다. 유명세를 떨친다.

사람들은 광대의 얼굴을 보며 웃는다. 귀밑까지 찢어진 입, 입술을 절개해 항상 드러나 있는 잇몸, 접혀 올라간 귀, 절개해 구멍밖에 안 보이는 코. 영원한 웃음이 얼굴에 새겨진 광대, 그윈플레인의 모습은 웃기기보다는 기괴하다.

평생을 평민으로, 아니 평민보다 못한 광대로 살았던 그는, 귀족 사회 한복판으로 의도치 않게 내동댕이쳐진다. 그들 앞에서 말할 기회를 얻어, 귀족들의 수탈로 굶주림에 허덕이는 평민들의 삶을 이야기한다. 여기저기를 떠돌아다니며 온갖 참상을 보았으며, "부자들의 낙원은 가난한 이들의 지옥으로 이루어졌군요."**라고 말했던 그윈플레인이었기에 사무치는 이야기를 할 수밖에 없었다.

** 빅토르 위고, 이형식 옮김, 「웃는 남자 상」(열린책들, 2018), 465쪽.

"경들께서는 부자들의 부를 증대시켜 주기 위해 가난한 사람들의 가난을 증대시켜 주고 계십니다. 하셔야 할 일은 그 반대입니다. 도대체 한가한 자에게 주기 위해 일하는 사람에게서 빼앗고, 배부른 자에게 주기 위해 거지에게서 빼앗으며, 군주에게 주기 위해 굶주린 자에게 빼앗다니!"***

하지만 그는 웃음거리가 될 뿐이었다.

그가 열변을 토하던 광경을 떠올린다. 그를 비롯해 모든 이들이 웃고 있었다. 어쩔 수 없이 웃는 그와는 달리, 다른 사람들은 모두 그를 비웃고 조롱했고 박장대소했고 동전을 던졌고 빈정거렸다. 해괴망측한 광대가 지껄이는 얼토당토않은 이야기라 치부했다.

아무리 바른 소리를 해도 광대의 말은 허튼소리가 된다. 특권을 가진 귀족들에게 그는 단지 광대에 불과했다. 분장을 지운 광대는 그나마 일상으로 돌아올 수 있지만 그윈플레인에게는 그것조차 허락되지 않는다.

*** 빅토르 위고, 이형식 옮김, 『웃는 남자 하』(열린책들, 2018), 847쪽.

사실 가만히만 있으면 되었다. 그렇다면 그에게는 부와 권력이 생길 터였다. 지금까지 살아온 인생을 바꿀 기회가 느닷없이 찾아왔다. 아무런 말도 하지 않고 있었다면, 그는 이전과 전혀 다른 인생을 살 수 있었다.

그는 가만히 있지 않았다. 아니, 못했다. 평민들이 굶어 죽고 있는데, 곤궁과 착취와 모욕 속에서 하루하루 삶을 연명하고 있는데, 거대한 부와 권력을 가진 귀족은 관심조차 없었다. 자신의 부를 늘리고, 지위를 유지하는 것에만 신경을 썼다. 그냥 두고 볼 수 없었다. 절망한 사람들의 처지를 전하는 걸, 그들이 잃어버린 언어를 되찾아주는 걸, 그는 사명으로 생각했다.

"나에게는 사명이 주어졌어. 나는 가난한 사람들의 로드가 되겠어. 입을 다물고 있는 모든 절망한 사람들을 위해 내가 말을 하겠어. 잘 알아들을 수 없는 웅얼거림을 내가 통역하겠어. 으르렁거림과, 울부짖음과, 투덜거림과, 군중의 웅성거림과, 발음이 명확치 않은 불평과, 잘 알아들을 수 없는 음성과, 무지와 고통 때문에 인간이 토해 낼 수밖에 없는 짐승의 비명 같은 절규를 내가 통역하겠어."****

희망이 절망으로 변하는 건 순식간이었다.

희망이 없었다면 절망이 더 크게 다가오지 않았을 것이다. 귀족들에게 자비를 요구하면 될 줄 알았던 희망은, 조롱과 빈정거림과 함께 크나큰 절망을 불러왔다.

웃음을 터뜨리는 귀족들 앞에서 울분을 토하던 그윈플레인을 생각하며, 영화 『올드보이』(2003)에 나온 엘라 휠러 윌콕스의 시 「고독」의 첫 문장 "웃어라, 세상이 너와 함께 웃을 것이다./울어라, 너 혼자 울게 되리라."를 떠올렸다.

그윈플레인은 비웃음거리로 전락했다.

겉은 웃고 있었으나 속은 울고 있었다. 인간의 악행으로 만들어진 웃는 얼굴에, 다시 인간의 악행이 더해진 가중처벌이었다. 모멸과 모욕, 인간이 인간임을 포기한 순간이었다. 그러나 한편으로는 인간의 숭고한 뜻이 반짝였

**** 빅토르 위고, 이형식 옮김, 『웃는 남자 하』(열린책들, 2018), 883~884쪽.

던 찰나이기도 했다.

내가 그윈플레인이었다면? 아마 침묵했으리라. 말을 해도 통하지 않으리라는 건 불 보듯 뻔한 일이었으니까. 흉한 몰골에 저잣거리에서 광대 짓을 하던 이의 말을 들어줄 귀족이란 없을 테니까. 권력과 이권을 유지하기 위한 저들의 탐욕이 얼마나 큰 건지 짐작 정도는 할 수 있었을 테니까. 그런데도 그는 말했다. 기꺼이 광대가 되었다. 광대로서 진실을 말했다.

난 어떤가? 원치 않는 웃음을 지을 때가 있다. 누군가에게 핀잔을 듣고, 모욕을 당해도 웃어야 할 때가 있다. 정색하게 되면 뒷감당이 안 되어서, 그깟 분위기가 뭐라고 어색한 분위기를 만들지 않으려 웃었다. 약자로서 짓는 웃음이었다. 왜 그리 인상을 쓰고 있냐는 주위의 시선 때문에도 웃었다. 그나마 웃어야 사람들이 주위에 머무는 듯 여겨졌다. 웃고 싶지 않았는데도 그랬다. 쓰디쓴 웃음을 지어냈다. 남 불편하게 하지 않기 위해 자신을 불편하게 만들면서 짓는 웃음이었다.

그럴 때면 마치 광대 같았다. 감정을 숨기고 할 말을

삼키고 웃는 얼굴을 지어내야만 하는, 언젠가부터 웃음이 가면이 되어버린, 그런 광대가 된 듯해 씁쓸하다. 하고 싶은 말이 있어도 반발하고 반박하고 싶어도 말도 꺼내지 못하며 타인을 대변한다는 생각조차 못 하고 사는 건 아닌가 싶어 부끄러워진다.

불현듯 한 번도 보지 못한 그윈플레인의 웃는 얼굴이 떠오른다. 타인을 위해 자신을 수치의 한복판으로 내던진 그 처연한 현장이 떠오른다. 날 보고 우는 듯 웃는 것처럼 여겨진다. 염치없게도, 그 웃음, 외면하고만 싶어진다.

4장_인간이라서 다행이다.

사람이 사람을 구한다.

화답, 인간임을 외치는 소리

– 공선옥, 『내가 가장 예뻤을 때』

길을 나설 때마다 사람들을 살펴본다.

얼굴을 보고 옷차림새와 신발, 액세서리, 몸짓과 걸음걸이, 표정을 살핀다. 저들은 어떤 생각을 하면서 살까, 무슨 일이 있었기에 저리 표정이 어두울까, 어디를 가기에 저리 바쁘게 종종걸음을 치는 걸까, 누구랑 통화하기에 저렇게 밝은 얼굴일까, 저 얼굴에 비치는 자신감은 어디에서 나오는 걸까. 궁금한 것투성이다.

매일 마주치든, 어쩌다 스쳐 지나가는 사람이든, 가끔 그들의 속내가 궁금하다. 어쩌다 새벽 버스를 타고 나올 때면, 이 새벽에 출근하는 사람들이 무슨 일을 하는지, 밥은 먹고 나온 건지 등이 궁금하고, 밤늦게 술 냄새 가득한 버스 안에 타고 있는 이들이 어떤 하루를 보냈는지, 왜 저리 피곤해 보이는지 호기심이 생겨난다. 잘 살고들 있는지, 안녕들 하신 지 내처 궁금하다.

첨예한 정치적 사안이 불거지거나, 우리 생활과 밀접한 사회적인 이슈가 논의될 때, 누구나 공감하고 동의할 만한 일인데도 그와 정반대로 생각하는 사람들의 속내도 궁금하다.

인간에 대한 호기심이 강렬해진 건 오래된 일은 아니다. 좋은 이유도 아니었다. 2014년 4월 16일 이전에는 인간의 속마음이 과히 궁금하지 않았다. 그러나 그날 이후 대체 사람들의 속내가 무엇인지 무척이나 궁금해졌다. 자식 가진 부모라면, 자식이 있든 없든 사람이라면, 인두겁을 쓰고 있다면 다른 사람들의 죽음에 적어도 모욕을 주지는 않을 텐데. 거침없이 모욕을 가하고 모멸감을 안겨주는 이들을 보며, 인간이란 존재에 대해 회의감 섞인 호기심이 일었다.

나와 다른 생각을 하는 이들을 존중하려 했지만, 이런 사람들은 존중할 수가 없었다. 어서 잊자고 하는 데서 그치지 않고 자식 잃고 단식을 하며 진상규명을 외치는 부모들 앞에서 태연하게 닭을 먹는 이들을 어떻게 존중할 수 있겠는가. 보상을 받기 위해 죽은 자식을 볼모로 삼는다는 주장에 어떻게 태연할 수 있겠는가. 언제까지 그 타령이냐며 경제를 살리기 위해 이제 그만 얘기하자는, 국민에 의해 선출된 국회의원이라는 자가 내뱉은 뻔뻔하고 혐오스러운 발언에 치를 떨지 않을 수 있겠는가. 재난이 닥쳤을 때 국민을 보호해야 할 책임이 있는 대통령을 비롯한 관료들이 '나 몰라라' 했던 것도, 희대의 오보를 생산해낸 언론들의 행태도, 존중하기가 힘들다. 권한은 누리되 책임은 지지 않으려 한 그들을 떠올릴 때마다 부레가 끓는다.

인간임에도 인간 같지 않은 그들의 말과 행동을 보며 인간의 속내가 궁금해졌다. 지금도 그 사건의 희생자를 모욕하고 모독하고 무시하고 멸시하고, 잊자고, 과거에만 매달리지 말고 미래를 생각하자고, 너무나 쉽게 내뱉어진 비열한 '아무말대잔치'도 열린다. 표현의 자유를 존중하지만 인간 같지 않은 말들까지, 그런 말을 내뱉는 인간들까지 존중할 마음은 터럭만큼도 없다.

　사람만큼 무서운 게 없다는 말을 들으며 자랐다. 열 길 물속은 알아도 사람 속은 모른다고 했다. 그래도 이건 너무하다. 공감까지는 바라지도 않는다. 잘 모를 땐 닥치고 있어야 한다는 지론을 가지고 있는 나에게 이들의 막말은 거대한 폭력일 뿐이다. 주의 주장도 아니고 그냥 인간에게 인간이 가하는 폭력이다. 그런 폭력의 말들을 들을 때마다 나는 이상한 나라에서 이상한 사람들에 둘러싸여 사는 것 같았다. "이상해서 말이야, 견딜 수가 없었어."라고 말하는 『내가 가장 예뻤을 때』(문학동네, 2009)의 수경도 그런 심정이었을 게다.

　"세상 사람들은 왜 아무렇지 않지? 아무렇지 않은 것이 나는 너무 이상해. 혹시 무슨 일이 있는 게 아닐까? 혹시 말이야. 우리나라 사람들이 먹는 물에 뭐든지 빨리 잊어먹게 하는 약이 섞여 있는 게 아닐까? 아니면 누군가 공기 중에 누가 죽었든지 말든지 상관하지 않고 살아가도 아무렇지 않을 수 있는 약

품을 살포한 것은 아닐까? 나는 사람들이 아무렇지 않게 밥 먹고 웃고 결혼하고 살아하고 애 낳고 그러는 게 이상해. 우리 식군 내가 이상하다지만 말야."[*]

1980년 5월 광주에서 수경은 친구 경애가 죽는 걸 봤다. 경애의 죽음 '이후' 수경의 삶은 '이전'과 달라진다. 그런데 이상한 나라의 이상한 사람들의 삶은 달라지지 않은 듯하다. 누군가의 죽음을 그렇게 빨리 잊는 것도 이상하고, 미안하다고 사과해야 할 이들이 떵떵거리며 지금껏 살아있는 것도 이상한 일이다.

경애를 잊지 못한 수경에게, 친구 해금은 미안하다고 말한다. 밥 잘 먹고, 잠 잘 자서 미안하다고. 그 말을 들은 수경은 왜 네가 미안해하냐고 묻는다. 진짜 미안해야 할 사람은 따로 있는데, 그 사람들은 가만히 있는데 왜 네가 미안하냐고 묻는다. 숨을 크게 쉬면서 살고 싶은데 숨을 쉬려고 하면 가슴이 아파서 숨도 못 쉬겠다고 말한다.

기시감이 들었다.

---

* 공선옥, 『내가 가장 예뻤을 때』(문학동네, 2009), 76쪽.

2014년 4월 16일 '이후' 그 일과 무관한 많은 사람은 미안하다고 했다. 대부분의 사람이 구명조끼를 입었고 거의 모두 구조됐다는 뉴스를 듣고 가슴 쓸어내린 걸 미안해했다. 미안한 마음에 너도나도 노란 리본을 달았다. 민간 잠수사들은 희생자를 구해야 한다는 생각에 망설임 없이 현장으로 향했다. 목숨을 걸고 시신을 수습했고, 행여 살아남은 사람이 있을까 구조에 나섰다.

책임이 있는 이들은 모두 제 살길 찾으려고 발뺌하고, 정작 미안해해야 할 사람들은 일말의 양심의 가책도 없이 살아간다. 이들을 제외한 많은 사람이 여전히 미안하다고 말한다. 공장에서 파업을 벌이다 잔인하게 진압당하는 동료들을 보며, 해금이 달려 나간 것처럼 인간임을 외치는 소리에 화답한다.

이상한 나라에서 이상한 사람들에 둘러싸인 것처럼 살아가는 와중에도, 인간임을 외치는 소리에 화답하는 이들이 있어서 그나마 숨 쉬고 산다. 절망감을 안겨주는 이도, 그래도 살만하다고 나직이 혼잣말하게 하는 이도, 모두 사람이다.

하지만 나는 인간임을 외치는 소리에 화답하지 않고, 그 이야기를 묵살하고 압살하고 왜곡하고 외면하고 혐오하고 무시하고 모욕하는, 이상한 나라의 이상한 사람들은 인간이라고 생각하고 싶지 않다. 대신, 화답해주는 이와는 어깨 겯고 화답하며 살아가고 싶다.

화답하는 이들이 진정한 인간이라고 믿으면서 말이다.

다행이다, 인간이라서

– 켄트 하루프, 『플레인송』

환대(歡待)를 생각한다.

'반갑게 맞아 정성껏 후하게 대접함'이란 뜻을 가진 환대는 주기도 받기도 그리 쉽지 않다. 환대하고자 하는 마음은 있으나 여건이 따라주지 않는 경우도 있고, 내 것 지키기도 쉽지 않은 마당에 남에게 신경 쓸 여력도 없기 때문이다.

때로 받는 게 부담스러운 환대도 있다. 환대받는 사람이 환대하는 사람의 의도대로 행동하지 않거나 고마워하지 않는다면 환대는 일종의 권력으로 변하고, 환대받는 이에게 억압으로 가닿기도 한다. 받는 사람이 고개를 숙이거나 태도를 변화시키지 않으면, 좋은 마음으로 시작했던 환대를 거두고 환대받았던 이를 원망하기도 한다.

환대에는 누군가에게 내어줄 시간과 여유가 필요하다. 무엇보다 대가를 바라지 않고 누군가를 그냥 품어줄 마음자리가 남아있어야 한다. 누군가를 환대하거나 누군가에게 환대를 받는 일은 어쩌면 그 마음자리를 확인하고 확인받는 건지도 모르겠다.

살면서 어려운 시기를 겪지 않는 이가 얼마나 될까? 혼자 감당하기 버거워 누군가의 도움이 간절히 필요했던 시기가 있었고 왜 나만 이리 힘든 건지, 내가 뭘 잘못한 건지 도통 모를 때도 있었다. 살아가는 일 자체가 걱정일 때도 있었고 누구에게 말도 못 하고 속으로만 꾹꾹 참아내며 이제 그만 하고 싶었던 시간도 있었다.

앞이 안 보이고, 살아갈 날은 남았는데 어찌 살아야 할지 걱정부터 앞서던 때, 내일이 오는 것 자체가 두렵고, 힘겨운 시기가 어서 지나갔으면 하지만 끝이 보이지 않을 때, 무심한 듯 툭 건네는 한마디 말이 위로가 되곤 했다. '해줄게'란 허풍 섞인 백 마디 말보다 슬쩍 내미는 손길에 마음이 열렸다. 힘듦을 살피는 그 마음자리가 고마웠다.

환대와 다름없었다.

품이 너른 사람이 되고 싶었다. 말보다는 행동이 앞서는 사람이었으면 했다. 그 바람은 여전하다. 하지만 품은 좁고, 행동보다는 말이 앞선다. 힘든 시기를 겪고 있는 사람을 보면 뭔가 도움을 주고 싶지만, 선뜻 나서지 못한다. 괜한 오지랖은 아닌지, 말만 번지르르하게 하고 제대로 된 행동을 못 하는 건 아닌지, 책임지지도 못할 거면서 괜히 나서는 건 아닌지 걱정이 앞선다. 걱정과 변명이 끼어들면 환대는 어려워진다. 제 앞가림만 생각하기 때문이다. 환대하지 못하는 마음, 그건 내 오랜 결핍이다.

이기호의 소설 〈한정희와 나〉에서의 '나' 역시 환대가 가능한지를 자문한다.

"나는 어느 책을 읽다가 '절대적 환대'라는 구절에서 멈춰 섰는데, 머리로는 그 말이 충분히 이해되었지만, 마음 저편에선 정말 그게 가능한가, 가능한 일을 말하는가, 계속 묻고 묻지 않을 수 없었다. 신원을 묻지 않고, 보답을 요구하지 않고, 복수를 생각하지 않는 환대라는 것이 정말 가능한가. ......우리의 내면은 늘 불안과 절망과 갈등 같은 것들이 함께 모여 있는 법인데, 자기 자신조차 낯설게 다가올 때가 많은데, 어떻게 그 상태에서 타인을 이해하고 받아들일 수 있는가...... 나는 그게 잘 이해가 되질 않았다. 나 자신이 다 거짓말 같은데......"*

환대하고 싶은 마음을 품었더라도 누군가를 끝까지 환대하는 건 어려운 일이다. 그랬기에 『플레인송』(한겨레출판, 2015) 맥퍼런 형제에게 더욱 눈길이 갔다.

홀트시 외곽에서 소를 키우며 살아가는 해럴드와 레이먼드 맥퍼런 형제는, 어렸을 때 부모님이 교통사고로 돌아가신 뒤 결혼도 하지 않고 형제 둘이 같이 산다. 쉰이 넘는 나이가 되도록 집과 일터인 농장을 벗어나지 않았다. 낯선 타인과 함께 산 적도 없고, 여자와 살아본 적도 없다. 그들 앞에 빅토리아가 나타난다.

<u>빅토리아는</u> 어린 나이에 아이를 가졌다. 아이 아빠는

* 이기호, 「한정희와 나」, 『누구에게나 친절한 교회 오빠 강민호』(문학동네, 2018), 265~266쪽.

어딘가로 떠났고, 엄마는 그녀를 버렸다. 갈 곳이 없었다. 누군가의 보살핌이 필요한 시기에 배 속 아이와 남겨졌다. 기댈 곳이 절실히 필요한 빅토리아를 맡아줄 것을 부탁받았을 때 맥퍼런 형제는 당황한다.

"내 말은, 음 젠장, 우리 꼴을 봐. 늙은이 둘이야. 다 늙은 노총각 둘이 시골에 사는데, 가장 가까운 마을은 27킬로미터나 떨어져 있고 가봤자 변변치도 않아. 우릴 생각해봐. 별나고 무식해. 사람들과 동떨어져 독립적으로 살아왔지. 우리 마음 내키는 대로 살아왔다고. 이 나이에 우리가 무슨 수로 변하겠어?"**

그럼에도 빅토리아를 받아들이기로 한다. 집을 치우고, 부모님이 쓰던 침실을 내어준다. 빅토리아가 처음 집에 온 날, 양복을 차려입고 머리에 기름도 바른다. 자신들을 무서워할까 걱정하고, 무뚝뚝한 성격 때문에 빅토리아

** 켄트 하루프, 김민혜 옮김, 『플레인송』(한겨레출판, 2015), 149쪽.

가 불편할까 봐 안절부절못한다. 추운 겨울, 집을 따뜻하게 덥혀놓고도 행여 추울까 잠든 빅토리아 위에 담요를 덮어준다. 빅토리아를 생각하는 그 서툰 몸짓이, 마음 씀씀이가 환대를 증명한다.

빅토리아가 집에 온 뒤 이들은 달라진다. 저녁 식사를 마치고 같이 둘러앉아 얘기를 나눈다. 두 마디 이상을 안 하던 그들이 빅토리아에게 말을 건넨다. 생전 한 번도 가 보지 않았던 백화점에서, 평생 살 것 같지 않던 아기침대도 산다. 그들은 그렇게 빅토리아를 품고, 달라진다.

빅토리아가 말도 없이 떠나자 이들은 외로움에 시달린다. 잘못한 게 있는지를 헤아린다. 빅토리아가 오기 전처럼 집은 다시 더러워졌지만. 이들은 전과 같아지지 않는다. 구멍 뚫린 마음을 감당하지 못해 어쩔 줄 몰라 한다.

상처 입고 헤매다 돌아온 빅토리아에게 그들은 다시 품을 내어준다. 안부를 묻는다. 괜찮냐고, 아픈 데는 없냐고, 아기는 잘 있느냐고. 빅토리아와 아기에게 집이 필요하다는 단 하나의 이유 때문에, 그들은 다시 환대한다.

사람을 내치는 것도 사람이지만, 사람을 품는 것도 사람이다. 친엄마는 빅토리아를 내쳤지만 생면부지였던 맥퍼런 형제는 품었다. 빅토리아와 뱃속 아기, 어찌 살아야 할지 막막한 그 마음까지 그들은 외면하지 않았다. 최선을 다해, 온 마음을 다해 품었다.

다시 환대를 생각한다. 집이 필요한 이에게 집을 내어주는 그 마음자리에 대해 생각한다. 말없이 떠난 이를 다시 따뜻하게 받아준 너른 품을 생각한다. 변명도, 거절도, 걱정도 하지 않고, 자신이 할 수 있는 한 최선을 다해 자신을 변화시키는 그 마음을 생각한다. 아이가 태어나고 빅토리아와 아이의 안위를 물으며 짓는 그 눈물을 생각한다.

인간이라서, 다행이다.

사랑은 섞임

- 마누엘 푸익, 『거미여인의 키스』

타인과 접촉하고 교류하면서 사는 게 인간인데 그 폭이 점점 좁아지고 있다. 비슷한 학력에, 비슷한 직업에, 비슷한 경제력에, 비슷한 가족 구성원에, 비슷한 정치 성향에, 비슷한 취향까지⋯. 언젠가부터 어슷비슷한 사람들과 교류하며 살아가고 있다. 일종의 공동체가 형성된 것이라 좋게 해석하기도 하지만 사실은 구획과 계층이 나뉜 채 살아간다는 게 더 정확한 표현일 것이다. 넘나듦이 없기에 그렇다.

인터넷과 SNS 공간에서도 마찬가지다. 정보가 자유롭게 유통되는 공간으로 여겨졌지만, 사실은 취사선택에 의해 편향된 정보를 접하는 공간에 가까워졌다. 취향이든 성향이든 그게 무엇이든 간에 사람들은 인터넷 공간에서 자신의 구미에 맞는 정보만을 주로 습득한다. 다른 의견은 쉽사리 전해지지 않고 성향이 다른 이와는 웬만해선 친구를 맺지 않는다. 자신의 신념과 일치하는 정보는 받아들이고, 그에 반하는 정보는 거부하는 확증 편향(confirmation bias)이 더 심해졌다. 사상과 의견의 자유로운 유통은, 그렇게 최종 단계에서 벽에 가로막힌다.

편견의 힘은 생각보다 강력하다. 편견은 프레임(frame)이다. 이미 머릿속에 자리 잡힌 일정한 프레임에 따라 사고한다. 어떤 사건이 벌어졌을 때, 또 낯선 사람을 접했을 때, 그 실체가 뭔지 정확히 파악하지 못했는데도 사람들은 과거의 경험, 첫인상이나 소문, 루머 등에서 발현한 특정한 프레임에 갇힌 채 사건과 사람을 판단한다. 프레임은 생각보다 강고해 쉽사리 바뀌지 않는다. 아주 특별한 계기가 없는 한 오히려 강화될 뿐이다. 틀에 갇혀 있기 때문에, 틀을 깨뜨리는 건 자신의 판단을 부정해야 하는 일이기에 어렵다.

확증 편향과 프레임은 그렇게 유연한 사고를 가로막

는다. 생각의 폭이 좁아지고, 내가 옳다는 생각이 강해지는 것은 물론 오해하고 왜곡하기까지 한다. 더 나아가 인간관계에서의 확증 편향과 프레임은 구별과 분리의 밑거름이 된다. 이편과 저편을 구별하고 내 편과 네 편으로 분리된다.

고착된 분리 이후에 남는 건 절대 만나지 못하는 평행선이다. 행여 굴곡이 져 의도치 않게 잠시 만나더라도 진로를 바꿔야 하는, 그런 닿지 못하는 관계만 가능해진다. 불가촉(不可觸)만 허용되는 셈이다.

여기 서로 접촉하지 않을 것만 같은 두 사람이 있다. 게이인 몰리나와 사회주의 혁명을 바라는 노동운동가 발렌틴. 두 사람이 한 감방에서 만난다. 둘 다 소수자이긴 하지만 밖에서는 쉽게 만나지 못했을 사람들이다.

발렌틴은 감상적인 걸 멀리한다. 자본가로부터 착취당하는 현실을 혁명으로 바꾸고자 한다. 몰리나는 그런 것 따위에는 관심 없다. 그에게 중요한 건, 사랑하는 사람이다. 서로 사랑하는 누군가를 만나 함께 살아가는 것이 그에겐 가장 소중하다.

이렇듯 전혀 다른 이들이 한 공간에서 함께 머문다. 얘기를 나눈다. 주로 몰리나가 영화 얘기를 해주는 걸로 긴긴밤을 보낸다. 잠깐의 환상에 머물며 현실을 잊는다. 몰리나가 해주는 영화 얘기는 대부분 사랑 이야기다. 주인공이 입고 있는 옷부터 표정까지 세세하게 묘사하는 걸 듣고 있노라면, 행복감에 젖어 있는 몰리나의 얼굴이 떠오르는 듯하다. 그 얘기를 듣는 발렌틴은 짐짓 흥미로워하면서도 뚱한 표정을 짓고 있었을 것이다.

그들은 분리된 상태다. 정치적인 성향도 다르고, 지향하는 삶의 목표도 다르다. 살아온 인생도 다르고 살아갈 인생도 다르다. 누군들 그렇지 않겠는가. 독립적인 자아를 가진 인간이라면 타인과의 분리는 당연하다. 몸은 물론이고 마음도 마찬가지다. 분리는 개인이라는 증거이기도 하다. 인간은 자라면서 자기만의 생각, 자기만의 방식으로 살아간다. 분리되었기에 가능한 일이다.

분리만으로 살아가기 힘든 게 인간 세상이다. 타인과 교류하면서 살아가지 않고는 지독한 외로움을 견뎌낼 방법이 없다. 혼자여서 좋을 때도 있지만, 혼자여서 힘들 때도 있다. 분리와 합일의 교차점 위에, 인간의 삶이 존재하는지도 모르겠다. 때로는 분리로, 가끔은 합일로, 이리 기울었다가 저리 기울었다가 하면서 살아가는 게 인생이다.

분리되어 있던, 공통점이라고는 전혀 없어 보이던, 몰리나와 발렌틴은 서서히 섞여간다. 한 공간 안에 머물 수밖에 없는 상황이어서 그런지도 모르겠지만, 단지 그 때문만은 아니다. 죽도록 서로를 싫어하거나 무관심할 수도 있었을 테니 말이다.

서로의 존재를, 서로의 다름을 인정한 덕분에, 편견에 사로잡히지 않기 때문에 둘은 서서히 섞여간다. 그들은 누구를 이해시키려 애쓰지 않았고, 나와 다르다고 배척하지도 않았다. 인간에 대한 사랑이 밑바탕에 깔려 있었다. 그렇게 서로에게 기댔다.

그 기댐에서 사랑인지 우정인지 연민인지 모를 감정이 싹튼다. 뭐라 규정해도 이상하지 않을, 이 세상에 존재하지만 존재하지 않을 법한 감정을 느낀다. 몰리나가 영화 얘기를 하면서 현실을 잠시 잊는 것처럼, 현실과는 다른 세상으로 초월하는 것처럼, 둘은 어떤 말로도 규정하지 못할 사랑을 나눈다. 사랑이라 표현했지만, 그보다 더 숭고한 관계라 해도 무방할 것이다.

저마다 주어진 인생을 살아가는 게 인간이다. 그 인생이란 험한 길에서 길동무를 만나 길건 짧건 인생의 한 길목을 누군가와 함께 걸어가곤 한다. 그러다 누군가 동행하지 않을 때 깨닫는다. 동행자의 무언가가 내 인생에 섞여 들어왔음을. 분리된 자아가 사실은 섞여 들어온 누군가의 자아와의 교집합으로 이루어져 있다는 것 또한 깨닫게 된다.

각박한 세상이고, 타인과 교류하는 게 무서운 세상이다. 마음을 털어놓고 얘기를 나눌 만한 상대를 찾기가 점점 더 어려워진다. 너른 바다 위에 듬성듬성 떠 있는 섬처럼 느껴지기도 한다. 아무리 목소리를 높여 누군가를 불러도 대답은 쉽게 들려오지 않는다. 위로하려 해도, 위로받으려 해도, 마땅한 사람이 없는 듯 느껴진다. 그래서 담을 쌓는다. 분리된다.

분리는 오해와 왜곡을 낳는다. 오해와 왜곡은 불안을 부른다. 불안은 경계의 근원이 된다. 경계는 또다시 분리를 부른다.

이 악순환을 끊고 싶다. 누구를 만나든 허물없이 얘기하고, 편견 없이 대하고 싶다. 구획과 계층 따위에 얽매이고 싶지 않다. '급'을 따지고 '자격'을 따지는 일도 그만했으면 한다. 누군가 말을 걸어오면, 누군가 속을 내보이면, 나 역시 진심을 담아 얘기를 나누려 한다. 발렌틴이 몰리나에게, 몰리나가 발렌틴에게 했던 것처럼. 그렇게 열린 마음으로 세상에 섞여 살아가고 싶다.

누군가에 대한 이해와 공감은 섞임과 다름없다. 섞임이 가능하려면 편견이 없어야 한다. 편견을 갖지 않으려면 섣부른 판단보다는 인간에 대한 믿음 혹은 사랑이 필요한지도 모른다. 적어도 열린 사고가 필요하다.

그것이 몰리나와 발렌틴이 나에게 알려준 인간다운 삶의 방식이다.

밥으로 전해진 인간의 세계

– 황정은, 『계속해보겠습니다』

아침에 눈 뜨자마자, 또 저녁 퇴근길마다 똑같은 고민에 휩싸인다.

"오늘은 뭘 해먹이지?"

고민하지 않으려 해도 안 할 수가 없다. 퇴근길에는 여지없이 오는 아이들의 메시지 때문이다.

"아빠, 오늘 저녁은 뭐예요?" "아빠, 오늘 저녁엔 뭐 먹어요?"

한 치의 오차도 없이 거의 비슷한 시간에, 퇴근길 지하철 안에서 울리는 메시지를 보면 본격적인 고민이 시작된다. 그냥 배달시켜 먹을까 하다가 이번 달 외식비가 너무 많다는 생각에 주저하고, 라면이나 끓여 먹을까 하다가 며칠 전에도 라면 먹었지 하는 생각에 저어된다.

할 수 있는 음식은 몇 안 되고, 새로운 음식은 할 자신이 없고. 자취하던 시절에 쌓아둔 밑천은 바닥난 지 오래. 비슷비슷한 음식을 내놓을 때마다 '또?!'라며 묻는 듯한 아이들의 눈짓에 민망해지지만 어쩌겠는가. 사실, "얘들아, 아빠 엄마도 누군가 차려주는 밥상 받고 싶단다."

비몽사몽간에도 침대에서 갑자기 벌떡 일어나는 이유도, 회사를 나서자마자 냉장고에 어떤 재료가 있는지 헤아려보는 것도, 아내와 무엇을 먹을지 메시지로 상의를 나누는 것도, 우리 가족, 아니 정확히 말하면 아이들의 끼니를 챙기기 위해서다. 아내도 비슷한 고민에 시달린다. 남이 해준 밥이 제일 맛있다는, 우스갯소리 섞인 '진리'—그렇다! 이건 진리다!—를 실감하는 요즘이다.

어머니가 보내주신 김치를 비롯한 각종 반찬이 있어서 그나마 덜 힘들다는 걸 안다. 그런데도 끼니마다 아이들이 부산하게 숟가락질, 젓가락질을 하게 하려고, 아이들 기호에 맞는 음식을 내놓는 게 여간 신경 쓰이는 게 아니다. 첫째는 물컹한 식감을 가진 음식은 좋아하지 않고,

둘째는 두부를 비롯한 콩으로 만든 것과 계란 프라이는 손도 안 대고, 셋째는 매운 음식과 김치는 별로 안 좋아하니, 이건 뭐랄까. 끼니를 챙길 때마다 지뢰를 피하는 심정이다. 그나마 학교에서 급식을 주니 도시락은 안 싸서 다행이다. 도시락까지 쌌다면? 아! 생각하는 것만으로도 벌써 힘들다.

고등학교 3학년 때, 점심과 저녁을 모두 학교에서 해결해야 해서 도시락을 싸 들고 다닐 무렵, 어머니는 대략 8개의 도시락을 아침마다 챙겼다. 고등학교에 다니는 나와 첫째 동생 각 2개씩. 중학교와 초등학교에 다니던 둘째, 셋째 동생 각 1개. 출근하시는 아버지 1개. 마지막으로 시시때때로 근방에 마실 나가시던 할아버지 1개.

내가 고등학교를 졸업할 때까지 이어진 도시락 행렬을 난 당연하게 받아들였다. 그때는 몰랐다. 도시락 싸는 게 얼마나 힘든 일인지. 매 끼니를 챙겨야 하는 게 얼마나 큰 스트레스인지. 대체 도시락 8개를 챙기려면 몇 시에 일어나야 하는 걸까. 그게 가능한 걸까.

어머니는 요즘 이런 말씀을 하신다. 너희들 키울 때는

한 달에 80kg 쌀 한 가마니로도 모자랐다고. 그리고 덧붙인다. 그때가 좋았다고. 식구들 북적일 때가 좋았다고. 그래서일까. 어머니는 명절 때면 손주들 간식까지 냉장고에 쟁여놓고 자식과 손주들 좋아하는 음식으로 상을 차려낸다. 과연, 나도 시간이 지나면, 매일 아침과 저녁에 뭘 먹을지 고민하는 과거의 내가 좋을까. 아이들에게 뭔가를 먹이려 애썼던 지금 이 시절을 좋았다고 회상할까.

어떤 기억은 밥과 함께 온다.

중학교 시절, 친구 집에 며칠 머무른 적이 있었다. 그때 이미 나이 지긋하셨던 친구 어머니는 큰 대접에 고봉밥과 국을 주셨고, 꼭 국에 밥을 말아 먹으라고 하셨다. 한창 먹성 좋던 때였는데도, 그 밥 한 그릇 먹기가 힘들었지만, 자식과 자식 친구 밥 먹는 걸 지켜보시던 어머니 때문에 남기지도 못하고 꾸역꾸역 먹었다. 흐뭇해지신 어머니는 다시 또 한 그릇을 내어주셨다. 배부르다는 얘기를 차마 하지 못했다.

고등학교 때 친구 어머니의 부음을 들었을 때, 가장 기억났던 건, 그때 그 밥상이었다. 그것은 친구 어머니가 내게 전해준 세계였다. 밥상으로 전해진, 누군가의 세계.

내가 어머니라 불렀던, 얼마 전 돌아가신 장모님—난 이 말을 별로 좋아하지 않는다. 그냥 어머니면 족하다—도 밥상으로 기억된다. 항상 국과 찌개가 함께 올라오는 밥상은, 어머니 품성만큼이나 풍성했다. 맛깔난 김치찌개와 소고기미역국, 부추무침에 고추장 듬뿍 넣어 숟가락으로 휘휘 저어 내어주시던 비빔밥. 어렸을 때부터 그 밥을 먹어왔던 아내는 물론이고, 나와 아이들까지 그 밥상을 기억한다.

자식과 손주들 먹이려 아침부터 부엌에서 분주하게 음식 준비하시다가 손주들과 자식들이 늦잠에서 깨어나면 하나씩 품에 꼭 안아주시던 어머니의 모습과 함께. 어머니 또한 자신의 밥상으로 한 세계를 물려주셨다. 온기 가득해 살아갈 힘을 주는 세계를. 존재 자체로 사랑받고 있다는 느낌을.

『계속해보겠습니다』(창비, 2014)의 순자 씨 역시 밥으로 그만의 세계를 물려주었다. 피치 못할 사정으로 방치되었던, 이웃집 아이들 '소라'와 '나나'에게 밥을 챙겨주게 된 건 우연한 일이었다. 소라와 나나의 엄마 '애자 씨'가 오랫동안 집을 비운 어느 날, 아이들이 쉰 떡을 먹는 걸 본 순자 씨의 마음에는 어떤 일렁임이 일었을 것이다. 자식 키우는 입장에서 밥 못 먹고 있는 아이들이 눈에 밟히고 치이고 마음에 걸렸을 테고. 그래서 자기 자식인 '나기'뿐만 아니라 생판 남의 자식인 소라와 나나의 것까지 도시락을 챙겼지 않았을까.

시장에서 과일 행상을 하며 혼자 아이를 키우고 있던 순자 씨는, 그렇게 6년 동안 3개의 도시락을 쌌다. 소라는 화려하지 않은 반찬임에도 순자 씨의 도시락이 맛있었다. 나중에 그 비결을 물었을 때, 순자 씨는 '연륜' 덕분이라고 말한다. 단순히 나이를 먹었다는 게 아니라 "새끼를 먹여본 손맛"이라는 '연륜'*.

순자 씨가 매일 아침 준비한 도시락은, 그냥 밥이 아니었다. 인간이 지닌 온기였다. 그 밥을 먹고 자란 소라는 이렇게 말한다.

"순자 씨는 그 도시락으로 나나와 내 뼈를 키웠으

---

* 황정은, 『계속해보겠습니다』(창비, 2014), 43쪽.

니까. 그게 빠져나간 뼈란 보잘것없을 것이다. 구조
적으로도 심정적으로도 허전하고 보잘것없을 것이
라고 나는 생각한다. 대단하지 않아? 보잘것없을 게
뻔한 것을 보잘것없지는 않도록 길러낸 것. 무엇보
다도 나나와 내가 오로지 애자의 세계만 맛보고 자
라지는 않도록 해준 것."**

　　보잘것없는 삶을 보잘것없지 않도록 길러낸 것. 그게
순자 씨의 밥이었다. 세상은 살만하지 않다고, 살 가치가
없다고, 허망하고 공허하다고 온몸으로 말하는 애자 씨의
세계가 전부가 아니라는 걸 순자 씨는 일깨워줬다. 오로
지 밥을 챙겨주는 일로, 세상을 살만하다고, 너희들은 보
잘것없는 존재가 아니라, 보살핌을 받는 존재라는 걸, 혼
자가 아니라는 걸, 그게 인간이 사는 세계라는 걸 일러주
었다.
　　남편이 죽고 홀로 아이들을 키우는 애자 씨에게 세상
은 어차피 고통으로 가득 차 있기에 발버둥 치고 애쓸 필

　　** 황정은, 『계속해보겠습니다』(창비, 2014), 44쪽.

요가 없는 곳이었지만, 순자 씨에게 세상은 살만한 곳이었다. 살아야 할 이유가 있는 곳이었다. 식탁을 차리고 끼니를 챙기는 일은, 누군가를 보살피는 일임과 동시에 스스로에게 살아야 할 이유가 된다. 보살피고 책임져야 할 존재가 있는 인간은, 스스로를 살필 수밖에 없기 때문이다. 바로 그 세계를, 순자 씨는 아이들에게 물려주었다. 삶을 계속해나갈 수 있는 튼튼한 몸과 마음의 뼈를 키워주었다.

당연한 듯 받아온 밥상 하나에 담긴 인간의 세계를 생각한다. 보살피는 존재에 의해 차려진 밥상에 둘러앉아 함께 밥 먹는 사람들을 생각한다. 식구가 아닌 사람도 넉넉하게 받아들이는 밥상을 떠올린다. 몸과 마음을 살찌우고, 세상은 살만하다고 스스럼없이 여기게 만드는, 밥상에 담긴 세계를 기억한다.

오늘도 밥상을 차리는 나와 아내는 아이들에게 어떤 세계를 물려주고 있을까, 문득 궁금해지지만 지금은 그걸 고민할 때가 아니다. 곧 저녁이다.

하, 오늘 저녁은 또 뭘 해 먹지?

그러니, 살아줬으면 좋겠다

– 구병모, 『아가미』

묻은 물과 다르게 발 딛고 설 자리가 있다. 부력에 휩쓸리지 않고 중력을 온전히 느끼며 설 수 있다. 가만히 있어도 죽지는 않는다.

물은 다르다. 가만히 있으면 죽는다. 손과 발을 쉴 새 없이 휘저으며 헤엄쳐야 한다. 인간에게 물은 가라앉음이다. 가라앉음은 죽음이다.

세상이 물과 같을 때가 있다. 바닥없는 물속 같을 때가 있다. 처지에 따라 물은 놀이의 공간이기도 하지만 생존이 달린 공간이 되기도 한다. 물과 같은 세상에서, 어떤 이는 보트를 타고 수면 위를 신나게 달리며, 누군가는 자유롭게 유영하며, 누군가는 허우적대는 다른 사람의 머리를 밟고 올라서고, 누군가는 위에 있는 사람의 옷자락을 끌어당기고, 누군가는 발버둥 치다가 결국 가라앉고, 또 다른 누군가는 이미 포기한 채 가라앉았다.

어떤 이들은 그게 세상 이치라고 말한다. 재력과 권력, 능력에 따라 누군가는 밟고, 누군가는 밟히는 게, 누군가는 떠오르고 누군가는 가라앉는 게 세상이라고, 그게 부정할 수 없는 현실이라고 말한다. 이제껏 인간 세상에서 약자가 강자에게 핍박받고 강자가 약자를 착취하지 않은 적이 있었느냐고, 생존이 아닌 다른 이유—돈, 복수, 증오, 혐오, 차별, 그리고 재미 등—로 같은 종을 죽이고 폭력을 휘두르는 게 인간밖에 더 있었느냐고, 전쟁과 대량학살을 일으키는 게 인간 이외에 또 있느냐고 말이다. 역사가 증명하지 않느냐는 말도 덧붙인다.

반박은 쉬이 나오지 않는다. 그래왔고, 지금도 그러니까. 하지만 무언가가 있었기에 인간 사회가 지금껏 유지되지 않았을까 하는 생각도 든다. 역사에 기록되지 않은 그 무엇. 인간을 끈끈하게 이어주는 아교 같은 무엇. 인간을 인간답게 만들어준 무엇. 인간을 구조하고 구원하는 무엇. 과연 무엇은 무엇일까.

『아가미』(자음과 모음, 2011)의 '곤'에게는 아버지가 있었다. 어느 날 아버지는 아직 말도 못 하는 어린아이 곤과 함께 물속으로 몸을 던졌다. 시기가 문제였을 뿐 아버지는 삶을 지탱할 수 없었다. 희망은 애당초 없었고, 조금이라도 나아질 기미도 보이지 않았다. 두 눈을 부릅떠도 어린 자식과 함께 살아가는 길이 보이지 않았다. 물속 같은 세상에서 더 이상 버둥거리고 싶지 않았다. 버둥거릴 수도 없었다. 아버지는 가라앉았고, 아이는 구조되었다.

곤을 살린 건 '강하'와 강하의 할아버지였다. 어느 날, 할아버지와 함께 사는 강하의 삶 속으로 이방인이자 인간과 조금 다른 돌연변이 곤이 훅 들어왔다. 강하는 곤을 시시때때로 구박하고 쥐어박고 욕했다. 곤은 강하를 두려워했다.

하지만 곤은 몰랐다. 그것이 강하 나름의 생존방식이었음을. 엄마에게 버려진 경험이 있던 강하는, 곤이 자신을 버리고 떠날까 무서워 발버둥 치고 있었다. 이질감을 극복하기 위해 억지로 위악적인 행동을 보였던 것이다.

이질적인 존재를 어떻게 대해야 할지 모르는 막막함은 곤에게 폭력으로 가닿았다. 그러나 실상 강하라는 존재가 곤을 살렸음을, 죽이고 싶을 만큼 미우면서도, 그래도 살아줬으면 좋겠다는 양가감정을 품고 있었음을, 곤은 나중에야 알았다. "그래도 살아줬으면 좋겠으니까."란 말이 진심이라는 걸……

세월이 흐른 뒤 익사할 위기에서 곤에게 구조된 '해류'에게 세상은 죽지 않기 위해 헤엄쳐야 하는 바닥없는 물이었다. 그녀는 말한다. 바닥없는 물과 같은 세상에서, 헤엄쳐야지 별수 있겠냐고. 발버둥 치든, 매끄럽게 물 위를 유영하든, 물 위에 둥둥 떠 있든, 떠오르고 가라앉는 걸 반복하든, 자맥질하든, 어쨌든 살아야 하지 않겠냐고. 손발을 쉼 없이 놀려야 하지 않겠냐고.

물속에서 죽지 않으려면 헤엄쳐야 한다. 폐로 호흡하는 인간인 이상 호흡기관인 입과 코를 물 밖으로 밀어 올려야 한다. 뭍에 닿을 때까지, 배에 오르기까지, 그게 무엇이든 간에 물 밖으로 코를 내놓으려면 발 딛고 설 수 있

* 구병모, 『아가미』(자음과모음, 2011), 159쪽.

는 무언가가 있어야 했다. 숨 쉬러 나가야 했다.

그런데 세상은 바닥없는 물과 같았다. 지칠 때까지 손 발을 놀려야 했다. 잠시라도 손발을 놀리지 않으면 깊이를 알 수 없는 바닥으로 가라앉았다. 세상과의 이별, 죽음은 그렇게 찾아올 터였다. 해류는 발 딛고 설 무언가, 누군가가 필요했다. 그리고 구조되었다.

강하에게 구조되고, 해류를 구조한 곤에게 의미 있는 건 생명(生命), 살아있는 목숨이었다. 호수에 빠진 아이를 보고 머리보다 몸이 더 빨리 반응해 물속으로 뛰어들고, 강에 빠진 이를 살리고, 혹 강에 빠졌을지 모를 누군가를 찾아 나서는 곤은, 강과 호수에 사는 이름 모를 풀, 이름 모를 물고기, 그리고 물에 빠져 허우적대는 이름 모를 사람들이 살아 숨 쉬길 원했다. 바닥없는 물에서 허우적대지 않고 살아가길 바랐다. 중요한 건 숨을 쉬는 것, 살아 있는 것, 살아가는 것이었다.

곤(鯤). 강하(江河). 해류(海流).

『장자』에 나오는 거대한 물고기 곤. 말뜻 그대로 강과 하천인 강하. 바다의 흐름인 해류. 누군가는 헤엄치고, 누군가가 헤엄칠 수 있는 물이 되고, 누군가는 그 물속 흐름으로 서로 반목했던 이들을 이어준다. 서로가 서로를 구조하고, 구원한다. 인간을 인간답게 한다.

산다는 건 비슷해 보이면서도 결코 일반화할 순 없다. 처한 현실도, 사는 방식도, 삶을 대하는 태도도 가지각색이다. 살아 있다고 해서, 산다고 말할 수 없는 경우도 있다. 목숨이 붙어 있는 것만으로는 산다고 말하기 힘들다. 죽지 못해 사는 삶도 있기 마련이다. 또 행복에 겨운 삶도 있을 테고, 무료하고 지루하기만 한 삶도 있을 게다. 목적으로서의 삶도, 수단으로서의 삶도 존재할 것이다. 왜 사는지 모르는, 무력감과 무기력에 빠진 삶도 있을 터이다. 그냥 사는 사람도 많을 게다.

뭐가 됐건, 살아있으면 사는 이유를 발견할지 모른다. 아니, 사는 이유를 발견해야 살 수 있을지도 모른다. 바닥 없는 물에서 평생 헤엄치듯 살아야 한다면, 왜 사는지는 알아야 덜 억울할 듯싶다. 진창에 빠져 헤어 나오지 못하는 삶이라도, 자신을 끌어내 줄 누군가, 지켜보는 누군가가 있다면 살아볼 만할 것이다. 그 누군가로 인해 우리는 다시 살아간다.

사람은 사람을 별다른 이유 없이 해하는 존재이기도 하지만, 별 이유 없이 사람을 구원하는 존재이기도 하다. 강하가 곤을 살리고, 곤이 해류를 살리고, 해류가 다시 곤을 살린 것처럼, 비록 물속 같은 세상에서 아등바등하며 살아야 하는 와중에도 서로의 숨구멍이 되어 주는 이들이 존재한다. 물에 빠진 아이를 보고 앞뒤 가리지 않고 물속에 뛰어드는 이, 교통사고로 차 밑에 깔린 사람을 구하기 위해 달려들어 맨손으로 차를 들어 올리는 사람들, 고층 아파트 화재 현장을 지나치다가 사다리차를 대고 한 명이라도 구하려고 애쓰는 사다리차 기사. 강하가 그랬듯, 오로지 살아줬으면 좋겠다는 생각으로, 숨 쉬라며 물 밖으로 끌어내고, 뭍으로 밀어내는 이름 모를 이들이 있기에 우리는 아직 세상이 살만하다고 말한다.

그렇게, 사람이 사람에게 살아갈 힘을 준다.

살아줬으면 좋겠다는 일념이, 다른 사람에게 사는 이유를 안긴다. 서로에게 숨구멍이 되어 준다.

그렇다. 사람이 사람을 구한다.

누군가가 누군가에게 사는 이유가 되었기에, 삶은 그 의미를 갖는다. 그러니…… 살아줬으면 좋겠다, 이름 모를 당신도.

그냥 사람, 그거면 족하다

– 한정현, 『소녀 연예인 이보나』

나는 생물학적 남성이고, 이성애자다. 생물학적 성과 본인이 느끼는 성이 같은 시스젠더(cisgender)이며 기혼자이자 자녀가 있다. 비장애인이고 손이 아닌 입에서 발화되는 소리로 된 말을 사용하며, 점자(點子)가 아닌 묵자(墨子)를 글자로 이용한다. 지방에서 태어나 수도권에서 살고 있고, 직장에 다니며, 학번과 군번이 있다. 주민등록번호를 갖고 있는 나의 국적은 대한민국이고 아시아인이다.

성글게 살펴본 나의 정체성이다. 한국 안에서 이러한 정체성으로 혐오의 대상이 되거나 차별받은 경험이 거의 없다. 단 한 번, 군대에 있을 때 내가 자란 지역에 대한 비하 발언을 들은 것만 빼고, 내 존재 자체를 부정당한 기억이 없다. 아마 앞으로도 없을 것이다.

나는 생물학적 여성이 아니다. 이 말은, 느닷없는 희롱과 추행과 폭력의 대상이 되지 않고 어디에서든 특별히 경계를 하지 않아도 된다는 의미이다. 성별에 따른 임금 차별도 없고, 집안일 못한다고 타박을 받지 않는 위치에 있다는 뜻이다. 그리고 나는 동성애자가 아니기에 타인에게 '더럽다'는 식의 혐오의 시선을 받지 않으며, '동성애를 반대한다'는 존재를 부정당하는 어이없는 말을 듣지 않아도 된다. 아웃팅(Outing)의 위협에서도 자유롭다.

또한 나는 트랜스젠더(transgender)가 아니기에 평생 자신의 성 정체성과 성별 동화(Geschlechtsnglei-chung)에 대해 고민하지 않아도 되며, 화장실 가는 걸 두려워하지 않아도 된다. 비장애인인 나는 장애인 이동권을 심각하게 걱정하지 않아도 되고, 말과 글을 자유롭게 사용할 수 있기에 타인과 소통하고 책을 읽고, 글을 쓰는 데 별 어려움을 느끼지 않는다. 국적이 한국이고, 혼혈도, 이민자도 아니기에 편견 가득한 시선을 받지 않는다. 무엇보다 나는 고립되지 않는다.

이를 한마디로 요약하면, 이런 식으로 말하는 게 싫지만, 이렇게 말할 수 있을 것이다.

"나는 다수에 속해 있다."

여기서 다수는 단순히 머릿수가 많다는 것만을 의미하지는 않는다. 다수는 타인에게 부당하게 차별받거나 혐오의 대상이 될까 두려워하지 않고 언제 어디에서든 당당하게 자신의 정체성을 내보일 수 있는 힘을 갖고 있다는 뜻이다. 스스럼없이 자신의 존재를 드러낼 수 있다는 말이다.

그런데 나와 다른 정체성을 갖고 있는 이가 세상에는 존재한다. 누군가는 생물학적 여성이고, LGBT(Lesbian Gay Bisexual Transgender)로 칭해지는 동성애자 또는 생물학적 성과 본인이 느끼는 성이 다른 트랜스젠더이다. 트랜스젠더 중에서도 본인을 남성과 여성이 아닌 제3의 성으로 느끼는 논 바이너리(non-binary)일 수도 있다. 누군가는 수화를 사용해 의사소통을 하고, 점자로 글을 읽고 쓸 것이다. 비장애인에게는 일상적인 일, 지하철이나 버스 타는 일을 심각하게 걱정해야 하는 장애인이고, 가족의 생계를 위해 온 이주노동자이거나 난민이거나 중국동포이기도 하다.

그들은 나와 다르다.

어떠한 편견이나 가치 판단 없는 '다르다'는 말로만 규정하면 좋을 텐데, 사람들은 다른 것을 틀린 것으로 간주한다. '틀리다'는 낱말은 옳고 그름의 가치 판단이 내포되어 있으며 본질적으로 이분법이다. 정상과 비정상으로 나뉘는 그런 이분법.

특정 행위에 옳고 그름을 논할 수 있겠지만, 존재 자체에는 옳고 그름을 논할 수도 없을뿐더러 논해서도 안 된다. 공동선을 추구하며 함께 사는 인간 사회에서, 한 인간을 부정하는 건 나 역시 부정당할 수 있다는 말과 통한다. 배제와 분리는 필연적으로 인간 사회의 신뢰를 깨뜨리고 인간의 존엄성을 훼손한다.

인간은 낯선 존재를 두려워하고 불편해한다. 이상하다고 피하고 손가락질한다. 담을 쌓고 끼리끼리 어울린다. '우리'라는 범주에서 벗어난 사람을 혐오한다. 나와 다른 존재를 이상한 사람이라고, 틀린 존재라고 인식하기 때문이리라.

『소녀 연예인 이보나』(민음사, 2020)에 나오는 제인은 생물학적 남성이지만, 트랜스젠더, 정확히 말하면 트랜스여성이다. 그녀가 여성의 옷을 입고 이태원 미군클럽에서 노래를 부르는 것은 스스로의 성 정체성에 부합하는 일이자 자신이 좋아하는 일을 하며 사는 것과 같다. 그러나 세상은 그녀를 달리 규정한다.

어느 날 제인은 시위에 참가하지 않았음에도 시위 현장에 갔다가 경찰의 오발탄에 목숨을 잃는다. 무참한 공권력에 의해 아무런 이유 없이 죽임을 당한 것이고 사람들은 그 사건에 분노했다. 그런데 그녀가 이태원에서 여자 옷을 입고 노래를 부른다는 사실이 알려진 뒤 제인을 대하는 세상의 태도가 달라진다. 방송 자막은 "시위 도중에 총에 맞은 서울대생"에서 "이상 행동을 일삼던 금발 여장의 명문대생"[*]으로 급전직하했고, 그렇게 찾아오던 서울대 총학생회장도 더 이상 발걸음을 하지 않았다.

---

* 한정현, 「소녀 연예인 이보나」, 『소녀 연예인 이보나』(민음사, 2020), 68쪽.

제인의 죽음은 변하지 않는 사실이었다. 그러나 세상은 그녀가 트랜스여성이라는 사실이 알려지자 그녀의 죽음을 달리 보기 시작했다. 트랜스젠더의 죽음은, 시스젠더의 죽음보다 덜 애도해야 할 것처럼, 아니 애도해야 할 가치조차 없는 것처럼 대했다. 그녀가 어떤 사람이었는지는 아무도 궁금해하지 않았다. 오로지 트랜스여성이라는 사실에만 집중했다.

제인의 친구 한서의 조카 보나가 기억하는 제인은 이런 사람이었다.

"제인이 트랜스젠더였다는 건 오랜 시간이 지나고서 알았다. 하지만 중요한 건 제인이 그런 사람이었다는 것이다. 이상하다는 말을 듣고 속이 상해 우는 사람에게 '나는 그런 사람 너무 좋다.' 해주는 사람. 그러니까 이상하고, 그래서 너무 좋은 사람."**

이상한 사람을 좋아하는 이상하고 너무 좋은 사람, 제

** 한정현, 「오늘의 일기예보」, 『소녀 연예인 이보나』 (민음사, 2020), 100~101쪽.

인. 다름을 틀림으로 혼동하지 않고, 오로지 다름으로만 인정하던 사람, 제인. 소리에는 경계가 없다며, 노래 부르기를 좋아하던 제인. 스스로 지은 이름으로 살고 죽은 제인.

나는 여전히 생물학적 남성이고 이성애자이며 시스젠더다. 태어날 때부터 그랬고, 아마 평생 그러할 것이지만, 제인을 만나고 조금 달라진 나를 느낀다. 나를 규정하는 정체성이, 남이 나를 인식하는 정체성이, 그리 중요한가 싶다. 오해하지는 말자. 정체성을 마음대로 드러내 보일 수 있는 자의 배부른 소리가 아니다. 이는 어떤 정체성을 갖고 있든 하등의 관계가 없다는 말이다. 그냥 사람, 그거면 족하다.

어느 날 보나가 물었다. "그런데 왜 제인이에요?"

그 말에 고모 한서가 답한다. "그런 너는 왜 보나야?"***

그렇다. 존재에 '왜'는 없다. 존재는 그 자체만으로 인정받아야 할 것이다.

*** 한정현, 「오늘의 일기예보」, 『소녀 연예인 이보나』 (민음사, 2020), 100쪽.

기억과 연대, 여전히 소중한 가치

– 캐서린 패터슨, 『빵과 장미』

"I, Daniel Blake."

켄 로치 감독의 영화 『나, 다니엘 블레이크』(2016)에서 압권은, 저 문구를 관공서 벽에 휘갈기던 장면이었다. 다니엘은 저 한 마디로, 스스로 존엄하다는 걸 세상에 알렸다. 혼자 살기도 힘겨운 세상에서, 국가가 자신을 외면하는 순간에도, 다니엘은 홀로 아이를 키우는 케이티에게 도움의 손길을 뻗친다. 케이티는 그런 다니엘을 기억한다. 사람들과 다니엘의 기억을 공유한다.

"나는 의뢰인도 고객도 사용자도 아닙니다. 나는 게으름뱅이도 사기꾼도 거지도 도둑도 아닙니다. 나는 보험 번호 숫자도 화면 속 점도 아닙니다. 난 묵묵히 책임을 다해 떳떳하게 살았습니다. 난 굽실대지 않았고 이웃이 어려우면 그들을 도왔습니다. 자선을 구걸하거나 기대지도 않았습니다. 나는 다니엘 블레이크, 개가 아니라 인간입니다. 이에 나는 내 권리를 요구합니다. 인간적 존중을 요구합니다. 나, 다이엘 블레이크는 한 사람의 시민 그 이상도 그 이하도 아닙니다."

『나, 다니엘 블레이크』는 나에게 기억의 영화였다.

한 사람의 시민, 그 이상도 이하도 아닌, 스스로 떳떳하게 살아온 다니엘이 원한 건 인간에 대한 존중, 사람답게 살 권리였다. 그 권리를 침해당했을 때 내면에서 솟구치는 말들을 그는 기록으로 남겼고 사람들에게 기억된다.

영화를 보며 목격했다. 존엄성이 훼손되었을 때 인간의 삶이 얼마나 피폐해지는지, 인간의 행복을 최우선으로 삼지 않는 규범이 어떤 결과를 초래하는지, 효율과 성과만을 강조하는 사회가 인간을 어떻게 파괴하는지……. 나

역시 언제든 다니엘과 같은 힘겨운 상황에 처할 수 있다는 자각. 주위를 한번 돌아보기만 해도 다니엘과 케이티 같은 사람들이 어디에든 존재한다는 아픈 현실. 그것을 묵과할 수 없다는 분노가 뒤따른 건 당연했다.

이 모든 게 다니엘의 삶을 목격한 것으로부터 시작된다. 목격은 기억을 가능케 한다. 보는 행위가 있어야 기억한다. 물론 모든 목격이 기억으로 전환되는 건 아니다. 내 경우를 놓고 보자면 목격이 기억으로 전환되는데 필요한 건 공감과 충격, 호기심이었다.

다니엘이 처한 상황에 충격을 받았고, 그에게 공감했으며, 영국 사회의 사회보장시스템에 호기심이 생겼다. 그를 기억하고, 그가 처한 현실에 분노할 수 있게 되었다. 다니엘이 목격한 것을, 함께 목격한 덕분이다.

그러니 이렇게 말할 수 있겠다. 목격의 확대는 기억의 확장으로 이어진다고. 어떤 한 사람이 목격한 것을 다른 사람들이 공유하면서 목격자가 늘어날 때, 개인의 기억은 집단기억이 된다. 집단기억이 형성되면 연대가 가능해진다. 그렇다면 개인의 기억이 집단기억으로 전환되려면 무엇이 필요한가. 바로 기록이다. 『나, 다니엘 블레이크』는 기억의 영화이자 기록으로서의 영화였다.

기록으로 남겨진 기억은 전승된다. 반대로 말하면 기록되지 않은 기억은 전승되지 않고 사라진다. 문제는 상대적으로 권력이 많은 집단이, 승자가, 자기 언어를 갖고 있고 대중매체에 더 많이 노출되는 이들이, 기록을 남긴다는 점이다. 이 과정에서 기억은 왜곡된다. 승자의 기록만이 남겨졌기에, 또 승자의 기록만이 중요하게 다뤄지기에 그렇다. 역사는 기억의 투쟁이다. 과거에도, 지금도. 조지 오웰이 한 말 "과거를 지배하는 자는 미래를 지배하고 현재를 지배하는 자는 과거를 지배한다."는 여전히 참이다.

역사는 기록을 바탕으로 쓰인다. 이 과정에서 어떤 기록은 선택되고, 어떤 기록은 묻힌다. 묻힌 기록은 대부분 패자의 이야기이거나 현재의 정치·경제·사회·문화적 지배 이데올로기에 부합하지 않는, 그래서 중요치 않다고 폄훼되는, '역사적 사실'이다. 즉 기억되지 않았으면 하는 이야기들이다. 기억의 왜곡이자 역사의 통제다.

기록의 취사선택에 따른 역사 왜곡의 위험을 경고한

미국의 역사학자이자 정치학자인 하워드 진은, 역사를 모른다는 건 이제 막 태어난 갓난아기와 같다고 말한다. 과거에 무슨 일이 있었는지 모르기 때문에 정부가 하는 말을 곧이곧대로 믿을 수밖에 없는, 즉 지배자의 의도대로 피동적으로 움직이고 복종하는 존재가 될 수밖에 없다는 얘기다. 그는 이런 식의 역사 왜곡에 대항했다.

하워드 진이 미국의 주류 역사에서 다뤄지지 않은 인디언과 노동자를 비롯한 피지배자의 시선으로 역사를 기록하게 된 계기가 있다. 대학에 다닐 무렵 그는 포크가수 우디 거스리의 〈러들로 학살(Ludlow Massacre)〉이란 노래를 듣고 충격을 받는다. 역사를 공부하는 자신도 전혀 몰랐던, 1914년 콜로라도 주 남부 록펠러가(家) 소유의 탄광 노동자들이 벌인 파업을 진압하는 과정에서 불에 타 죽은 여자 2명과 2살부터 11살까지의 어린이 11명에 대한 이야기를 우디 거스리는 노래로 남겼다. 그 노래를 듣고, 하워드 진은 미국 역사에서 잊히도록 강요받았던 패자와 저항자의 역사를 공부하기로 마음먹었고, 그렇게 나온 저작이 『미국 민중사』(1980)였다.

만약 우디 거스리의 노래가 없었다면, 그 노래에 충격을 받아 또 다른 기록을 찾아나서서 『미국 민중사』를 써낸 하워드 진이 없었다면, 기억은 사라졌을 것이고 미국은 '찬란한 나라'로만 기억되었을 것이다. 스페인 내전의 실상을 알린 『카탈로니아 찬가』(1936)를 써낸 조지 오웰과 함께 하워드 진은 죽고 버려지고 잊히고, 잊도록 강요받았던 이들의 목소리를 후세에 전하는 기억 전달자였다.

캐서린 패터슨의 『빵과 장미』(2010)에 등장하는 '제르바티'도 기억 전달자다. 아니, 이 소설 자체가 그렇다. 이 책은 "우리에게 빵을 달라, 그리고 장미도."라는 구호로 유명한 1912년 미국 매사추세츠 주 로렌스의 여성 이민 노동자들의 파업이 배경이다.

캐서린 패터슨은 한 장의 사진 때문에 이 소설을 쓰기 시작했다. 자신이 살고 있던 버몬트 주 배러의 사회주의자 노동회관에 붙어있던 35명의 아이들을 촬영한 사진이다. 그 사진 밑에는 "'빵과 장미 파업' 동안 배러에 머문 매사추세츠 주 로렌스의 어린이들"이라는 설명이 붙어 있었다. 대체 1912년에 어떤 일이 로렌스와 배러에서 벌어졌던

가. 노동자들은 왜 파업을 벌였는가. 왜 노동자의 아이들은 집과 부모를 떠나 이곳에 와야 했을까.

"로사, 알겠니? 저들은 주급에서 두 시간만큼 임금을 깎겠다는 거야. 그런 우리에게서 빵 다섯 덩어리가 사라진다는 소리야. 일을 해도 내 자식들이 배를 곯고, 파업을 해도 내 자식들이 배를 곯지. 내가 뭘 하든, 우리는 굶주리는 거야. 일하고 굶느니 싸우고 굶는 게 낫지 않겠니, 응?"*

파업에 참여한 '로사'의 어머니는 말한다. 주 56시간 근무에서 주 54시간만 근무하도록 하는 법안이 실행되자 사업주들은 임금을 삭감했다. 노동자들이 분노한 것은 당연했다.

"로사! 이 아파트를 봐! 그가 우리에게 이 집을 줬고, 우린 집세만 조금 내면 여기 살 수 있지. 어찌나

* 캐서린 패터슨, 우달임 옮김, 『빵과 장미』(문학동네, 2010), 42쪽.

마음씨를 곱게 쓰시는지, 일 좀 했다고 나한테 일주일에 6달러 25센트씩이나 주시고 집세로 도로 6달러를 걷어간단다. 아, 그래, 나를 퍽이나 생각해주지. 집이 여섯 채 있고, 자동차가 하도 많아서 몇 대인지 셀 수도 없는 바로 그 사람 말이야. 오, 그렇다마다, 그는 자기 공장 사람들을 몹시 아낀단다."**

이것은 수탈이었다. 경영이 아니었다. 노동자들의 노동력을 쥐어짜 자기 배를 불리는 일이 너무나 당연하게 벌어졌다. 미국 자본주의가 급속하게 발전하고 '아메리칸 드림'이 실현 가능한 것처럼 여겨진 19세기 후반부터 20세기 초반까지 미국에서는 노동쟁의가 끊임없이 벌어지고, 노동자들이 정부와 자본에 저항하다 학살당하는 일이 비일비재하게 발생했다. 노동자의 권리는 없었다. 오직 자본가의 권리만 인정될 뿐이었다. 오로지 먹고살기 위해, 사람답게 살기 위해 노동자들은 파업을 벌였다. 그리고 미국 전역의 노동자들이 이들과 연대했다. 파업 노동

** 캐서린 패터슨, 우달임 옮김, 『빵과 장미』(문학동네, 2010), 105~106쪽.

자들의 아이를 파업이 끝날 때까지 돌보는 것으로. '로사'
도 그렇게 낯선 버몬트 주 배러로 보내졌다. 떠돌이처럼
살았던 '제이크'와 함께. 그들은 이탈리아 이민 노동자이
자 작은 석재 사업장을 운영하는 '제르바티' 부부의 집에
머무른다. 사회주의자인 제르바티는 다른 지역의 노동자
와 연대하기 위해 기꺼이 로사와 제이크를 맡았다. 그렇
게 노동자들과 시민은, 강한 가슴과 가슴과의 연대로 싸
워왔고 승리해왔다. 수많은 제르바티 덕분에 노동자들은
권리를 조금씩 찾았고, 그 덕분에 내가 오늘보다 나아진
환경에서 노동을 할 수 있게 되었다. 난 그들에게 빚을 지
고 있었다.

　"난 죽은 사람이 잊히는 게 싫단다."***

　묘비에 정성스럽게 꽃을 조각하는 예술가인 제르바티
는 죽은 사람이 잊히는 게 싫어서, 잊히지 않았으면 하는
바람을 담아 꽃을 새긴다. 묘비에 새겨진 꽃처럼, 제르바

***　캐서린 패터슨, 우달임 옮김, 『빵과 장미』 (문학동네, 2010), 330쪽.

티를 비롯한 배러의 노동자들이 로렌스 노동자들과 연대한 기억은 사진 한 장으로 남았다. 그 사진을 목격한 캐서린 패터슨이 『빵과 장미』로 기억을 확장시켰다. 죽은 사람들을 잊지 않게 해주었다.

그 덕분에 오늘 우리가 『빵과 장미』를 보며 다른 나라에서, 100년도 훌쩍 지난 아주 옛날에 벌어진 일들을 목격하고 있다. 우리에게 여전히 소중한 가치인 기억과 연대에 공명하고 있다. 망각하지 않은 덕분이다. 기억했기 때문이다. 그래서 홀로코스트 생존자이자 노벨평화상 수상자인 엘리 위젤의 다음과 같은 말은 참이 된다.

"무엇이 인간을 구원할 수 있을까요?
그것은 다름 아닌 기억입니다.""""

**** 아리엘 버거, 우진하 옮김, 『나의 기억을 보라』 (쌤앤파커스, 2020), 50~51쪽.

그렇게 인간이 된다

'인간을 읽는 시간'

『토지』 읽는 밤을 나는 이렇게 이름 붙였다.

박경리의 『토지』를 읽으며 인간의 삶 속으로 빠져들었다. 시대의 흐름에 따라 시류에 편승하는 자도 있었고 시류를 거슬러 오르려 하는 자도 있었다. 제 앞만 보고 사는 이도 보였고 주위를 살펴보는 이도 있었다.

탁상공론과 자기비하로 스스로를 망치는 사람도, 뭐라도 해야 해서 남들보다 위험한 길에 스스로의 삶을 부려놓는 이도 눈에 띄었다. 도포 자락 흩날리며 서슴없이 자유롭게 사는 이도 있었고 관습과 인습에 얽매인 채 죽지 못해 사는 이도 있었다.

죄 갚음이 삶의 목적이 된 이도, 은혜 갚는 게 지상과 제가 된 사람도 있었다. 누군가는 죽을 자리를 찾아다녔고 누군가는 더러워도 어떻게든 살아내고 있었다. 욕망에 제 마음을 온전히 내준 이도 있었고 욕망 따위를 우습게 보다가 더 큰 화를 입은 이도 있었다. 구한말부터 일제강점기까지 거대한 시대의 변화 앞에서 사람들은 각자의 목숨을 애써 부지하며 살아갈 이유를 찾아 살고 또 죽었다.

강물 같은 시대의 흐름 속에서 그들은 각자의 삶을 살아냈다. 흐르는 강물은 하나의 물결만 있는 게 아니다. 그 안에는 무수히 많은 물방울로 이뤄진 각자만의 흐름이 있다. 그 물결은 갈라지고 합쳐지면서 제 갈 길을 간다. 장애물이 나타나면 산산이 부서지기도, 부서질 줄 알면서도 들이받기도, 조용히 돌아가기도 한다. 막혀 있는 곳은 허물어버리거나 힘이 달려 역류하기도 한다.

겉으로 보기엔 하나의 물결이지만 강물 안에는 각기 다르게 흐르는 작은 물결이 있다. 그 물결들이 난 인간의 삶처럼 느껴진다. 물방울 하나하나가, 고작이라고도 말할 수 있고, 전 우주를 품고 있다고도 말할 수 있는 그런 인간과 닮았다고 생각한다. 중요한 건, 하찮거나 귀하거나 각자의 삶을 살아가고 있다는 것이리라.

해석할 여지가 많다는 건 해석할 수 없다는 뜻과 같다. 내겐 인간이 그렇다. 인간은 이해의 영역 안에 머무는가 싶다가도 언제 그랬냐는 듯 전혀 예상하지 못한 이해 불가의 영역으로 급속하게 진입한다. 우주를 빨아들이는 블랙홀이 연상된다. 지금 이 세상과는 전혀 다른 이세계(異世界)로 순간이동 시킨다. 그곳에서 난 헤맨다.

살면서 참 많은 사람을 만났다. 한 번의 눈인사로 스쳐 지나간 사람, 데면데면하게 인사만 건네는 사람, 얼굴만 알 뿐 서로를 궁금해하지 않는 사람은, 만났다고 보기는 힘들다. 내가 만난 인간은 어떤 유형이든 내 가슴에 흔적을 남긴 이들이다. 현실에서든 허구에서든.

타자가 있어야 내가 보인다. 타자에만 매몰되면 내가 사라진다. 타자의 삶을 해석하고, 타자와의 관계 맺음을 통해 우리는 스스로를 살펴볼 기회를 얻게 된다. 내 가슴에 흔적을 남긴 이들은, 그래서 귀한 존재였다.

그 사람들을 떠올릴 때마다 난 내가 가진 이해의 영역

이란 게 얼마나 보잘것없는지, 나란 인간이 얼마나 편협하고 갇혀 있는지, 인간을 평가하고 분석하려고 하는 내가 얼마나 오만한지를 깨닫곤 한다. 이해 불가능한 인간을 해석하려다 지치기도 했다. 겨우 1kg이 조금 넘는 뇌를 가지고 있고, 경험도 일천한 내가 이해와 해석이 불가능한 인간을 분석하려 했으니 지칠 법도 하지 않겠는가.

그래도 어떻게든 이해해보려 했다. 이해가 안 되면 최소한 인정이라도 하려 했다. 내가 인간이기에, 또 인간 사회에서 수많은 인간과 부대끼며 살아가야 했기에 그랬다. 인정하기조차 쉽지 않은 인간도 있었지만, 내가 만난 인간들을 하나하나 떠올리다 보면 그깟 인정이 무에 어려운 일인가 싶은 호기로운 생각도 떠올랐다. 실존하는 존재를 인정하지 않을 순 없지 않은가.

인간은 다양하다. 그런데 다양하다는 말만큼 그 힘이 떨어진 말이 있을까 싶다. 다양하다는 말은 왠지 수세적이다. 소수자와 사회적 약자를 보호하는 의미로, 즉 침해당해서는 안 될 인권을 보호할 필요 같은 게 생길 때 주로 쓰인다. 너무 당연해서 외려 진정이 느껴지지 않는 말 같기도 하다.

인간이 다양하다는 걸 누군들 모르겠는가. 허나 우리는 이를 곧잘 잊는다. 말로는 다양하다 하면서 제 기준에 맞지 않는 인간은 인정하지 않는다. 그러다 보면 혐오가 생겨난다. 배제와 분리가 이뤄진다. 폭력이 정당화된다. 그럴 때 인간은 얼마나 악독한지. 내가 인간이라는 게 어찌나 부끄러운지. 그러나 한편으로는 나와 별 다를 바 없는 인간이어서, 서슴없이 어떤 사람들의 불행을 공감하고 손 내밀어 주는 이들도 있다. 그럴 때면 인간이라는 게 다행이다.

인간 중에는 죄지은 자, 타인에게 위해를 가한 자, 흔히 악인이라 불리는 자. 약삭빠르고 사람을 도구로만 생각하는 자, 흔히 우리가 '놈'이라고 얕잡아 부르는 자도 있다. 반면에 성인 같은 자, 남을 돕는 걸 주저하지 않는 자, 상식에 기대 스스로의 삶을 올곧게 살아가는 자, 우러러볼 수밖에 없는 자, 흔히 우리가 '분'이라고 부르는 자도 있다.

난 어디쯤 있을까. 아마 '분'과 '놈' 사이에 끼어 있지 않을까 싶다. 이런 분도 있으면 저런 놈도 있다. 난 '분'도 '놈'도 되고 싶지 않다. 그냥 인간이면 족하다. 누구 위에 군림하지도 누구 밑에 밑밥으로 깔리지도 않은 채 그냥 사람이었으면 한다.

그렇게만 살아도 제법 괜찮지 않을까 싶다. 독립적인 주체로서, 제 먹을 거 제 손으로 벌면서, 남에게 해 끼치지는 않되 남한테 해 끼치는 상황을 외면하지 않으면서, 욕망에 휘둘리지도 욕망을 부정하지도 않으면서, 인간으로 살고 싶다.

인간이 가져야 할 태도 중 무엇이 중요하냐고 물으면 염치와 성찰이라 답하겠다. 난 이 책에 등장하는 인간에게서 이 두 가지를 배웠다. 부끄러움을 아는 마음, 염치(廉恥). 자기 마음을 반성하고 살피는 성찰(省察). 이 두 가지만 할 줄 알면 인간으로 살 수 있겠다 싶다. 쉽지 않겠지만, 그래도 염치와 성찰을 붙들고 살련다. 그게 인간으로서 최소한의 가치이기 때문이다.

그렇게 인간이 된다.

참고문헌

임철우, 『등대』 (문학과지성사, 2003)

김소진, 『열린 사회와 그 적들』 (솔, 1997)

프란츠 카프카, 홍성광 옮김, 『변신』 (열린책들, 2007)

서경식, 서은혜 옮김, 『시의 힘』 (현암사, 2016)

메리 셸리 원작, 마르그레테 라몬 글, 드라호으 자르 그림, 최인자 옮김, 『프랑켄슈타인』 (웅진주니어, 2006)

이승우, 『생(生)의 이면』 (문이당, 1992)

니코스 카잔차키스, 이윤기 옮김, 『그리스 인 조르바』 (열린책들, 2001)

로맹 가리, 김남주 옮김, 『새들은 페루에 가서 죽다』 (문학동네, 2005)

파스칼 메르시어, 전은경 옮김, 『리스본행 야간열차』 (들녘, 2014)

김금희, 『경애의 마음』 (창비, 2018)

가네시로 가즈키, 김남주 옮김, 『GO』 (북폴리오, 2006)

황현산, 『사소한 부탁』 (난다, 2018)

길리언 플린, 강선재 옮김, 『나를 찾아줘』 (푸른숲, 2014)

최은영, 「아치디에서」, 『내게 무해한 사람』 (문학동네, 2018)

줌파 라히리, 이승수 옮김, 『내가 있는 곳』 (마음산책, 2019)

가즈오 이시구로, 송은경 옮김, 『남아 있는 나날』 (민음사, 2010)

천명관, 『고령화 가족』 (문학동네, 2013)

빅토르 위고, 이형식 옮김, 『웃는 남자 상』 (열린책들, 2018)

빅토르 위고, 이형식 옮김, 『웃는 남자 하』 (열린책들, 2018)

공선옥, 『내가 가장 예뻤을 때』 (문학동네, 2009)

이기호, 「한정희와 나」, 『누구에게나 친절한 교회 오빠 강민호』 (문학동네, 2018)

켄트 하루프, 김민혜 옮김, 『플레인송』 (한겨레출판, 2015)

황정은, 『계속해보겠습니다』 (창비, 2014)

한정현, 「소녀 연예인 이보나」, 「오늘의 일기예보」, 『소녀 연예인 이보나』 (민음사, 2020)

캐서린 패터슨, 우달임 옮김, 『빵과 장미』 (문학동네, 2010)

아리엘 버거, 우진하 옮김, 『나의 기억을 보라』 (쌤앤파커스, 2020)